CONVENTION DE LONDRES

DU 21 MAI 1833,

SUIVIE DE LA

CONVENTION CONCLUE, A MAYENCE,

LE 31 MARS 1831,

Relativement à la navigation du Rhin.

CONVENTION

DU 21 MAI 1833.

———

LL. MM. le roi des Français et le roi du royaume-uni de la Grande-Bretagne et d'Irlande, et le roi des Pays-Bas, grand-duc de Luxembourg, désirant rétablir entre elles les relations telles qu'elles ont existé avant le mois de novembre 1832, ont résolu de conclure, à cet effet, une convention, et ont nommé pour leurs plénipotentiaires, savoir :

S. M. le roi des Français, le sieur Charles-Maurice de Talleyrand Périgord, prince duc de Talleyrand, pair de France, ambassadeur extraordinaire et ministre plénipotentiaire de sa dite majesté près S. M. britannique, grand'croix de la Légion-d'Honneur, chevalier de l'ordre de la Toison-d'Or, grand'croix de l'ordre de St.-Étienne de Hongrie, de l'ordre de St.-André, de l'ordre de l'Aigle-Noir, etc.;

S. M. le roi du royaume-uni de la Grande-Bretagne et d'Irlande, le très-honorable Henri-Jean vicomte Palmerston; baron Temple, pair d'Irlande, conseiller de S. M. britannique en son conseil privé, chevalier grand'croix du très honorable ordre du Bain, membre du parlement, et son principal secrétaire d'état ayant le département des affaires étrangères ;

Et S. M. le roi des Pays-Bas, grand-duc de Luxembourg, le sieur Salomon Dedel, commandeur de l'ordre du Lion-Néerlandais.

Lesquels, après avoir échangé leurs pleins pouvoirs,

trouvés en bonne et due forme , ont arrêté et signé les articles qui suivent :

Art. 1er. Aussitôt après l'échange des ratifications de la présente convention, LL. MM. le roi des Français et le roi du royaume-uni de la Grande-Bretagne et d'Irlande lèveront l'embargo qu'elles ont mis sur les vaisseaux, bâtimens et marchandises appartenant aux sujets de S. M. le roi des Pays-Bas; et tous les bâtimens détenus, avec leurs cargaisons, seront sur-le-champ relâchés et restitués à leurs propriétaires respectifs.

Art. 2. A la même époque, les militaires néerlandais, tant ceux de la marine que de l'armée royale, actuellement retenus en France, retourneront dans les états de S. M. le roi des Pays-Bas, avec armes, bagages, voitures, chevaux et autres objets , appartenant aux corps et aux individus.

Art. 3. Tant que les relations entre la Hollande et la Belgique ne seront pas réglées par un traité définitif, S. M. Néerlandaise s'engage à ne point recommencer les hostilités avec la Belgique , et à laisser la navigation de l'Escaut entièrement libre.

Art. 4. Immédiatement après l'échange des ratifications de la présente convention , la navigation de la Meuse sera ouverte au commerce , et jusqu'à ce qu'un réglement définitif soit arrêté à ce sujet, elle sera assujétie aux dispositions de la convention signée à Mayence le 31 mars 1831, pour la navigation du Rhin , en autant que ces dispositions pourront s'appliquer à ladite rivière.

Les communications entre la forteresse de Maestricht et la frontière du Brabant septentrional , et entre ladite forteresse et l'Allemagne , seront libres et sans entraves.

Art. 5. Les hautes parties contractantes s'engagent à s'occuper sans délai du traité définitif, qui doit fixer les relations entre les états de S. M. le roi des Pays-Bas, grand-duc de Luxembourg, et la Belgique. Elles inviteront les cours d'Autriche, de Prusse et de Russie à y concourir.

Art. 6. La présente convention sera ratifiée et les ratifications en seront échangées à Londres, dans les dix jours, ou plus tôt si faire se peut.

En foi de quoi, les plénipotentiaires respectifs l'ont signée et y ont apposé le cachet de leurs armes.

Fait à Londres, le 21 mai, l'an de grâce mil huit cent trente-trois.

Signé, TALLEYRAND. DEDEL.
PALMERSTON.

ARTICLE EXPLICATIF.

Il est convenu, entre les hautes parties contractantes, que la stipulation relative à la cessation des hostilités, renfermée dans l'art. 3 de la convention de ce jour, comprend le grand-duché de Luxembourg et la partie du Limbourg occupée provisoirement par les troupes belges. Il est également entendu que, jusqu'à la conclusion du traité définitif dont il est fait mention dans ledit article 3 de la convention de ce jour, la navigation de l'Escaut aura lieu telle qu'elle existait avant le 1er novembre 1832.

Le présent article explicatif aura la même force et valeur que s'il était inséré mot à mot dans la convention de ce jour. Il sera ratifié, et les ratifications en seront échangées en même temps que celles de ladite convention.

En foi de quoi, les plénipotentiaires respectifs l'ont signé, et y ont apposé le cachet de leurs armes.

Fait à Londres, le vingt-un mai, l'an de grâce mil huit cent trente-trois.

Signé, TALLEYRAND. DEDEL.
PALMERSTON.

CONVENTION CONCLUE A MAYENCE

Entre les gouvernemens des états riverains du Rhin, et réglement relatif à la navigation dudit fleuve.

La confection d'un réglement definitif pour la navigation du Rhin , selon les dispositions de l'acte du congrès de Vienne , ayant éprouvé des difficultés par suite de la maniére dont les gouvernemens riverains ont entendu appliquer les principes généraux de cet acte aux bâtimens venant de l'Allemagne et traversant en droiture les Pays-Bas pour se rendre dans la pleine mer et *vice versa :* attendu que S. M. le roi des Pays-Bas a soutenu que ses droits de souveraineté s'étendaient sans restriction quelconque sur la mer qui baigne ses états , même là où elle se mêle aux eaux du Rhin , et que , d'après les conférences préalables à l'acte du congrès de Vienne , le Leck seul devait être regardé comme la continuation de ce fleuve dans les Pays-Bas , tandis que S. M. le roi dePrusse , S. M. le roi de Bavière et S. A. R. le grand-duc de Hesse ont soutenu que l'acte du congrès de Vienne avoit apporté des restrictions à l'exercice de ces droits , pour autant qu'ils s'appliqueraient aux navires passant du Rhin dans la pleine mer et *vice versa* , et que, sous la dénomination du Rhin, ledit acte avait compris tout le cours, tous les embranchemens et toutes les embouchures de ce fleuve dans les Pays-Bas , sans distinction aucune ; vues auxquelles S. M. le roi des Français et S. A. R. le grand-duc de Bade ont maintenant également adhéré : les états riverains ont jugé à propos de laisser intactes toutes les questions élevées sur les principes généraux du l'acte du congrès de Vienne ayant rapport à la navigation dn Rhin , ainsi que les conséquences que l'on pourrait en dériver , et de concerter les mesures et les dispositions réglémentaires dont la navigation du Rhin ne peut se passer plus long-temps , sur la base d'un ensemble de propositions faites et acceptées réciproquement, sous la réserve expresse, toutefois , que cet accord ne portera aucune préjudice aux droits et aux principes soutenus de part et d'autre.

Dans cette vue , les hautes parties contractantes désignées ci-après ont nommé pour leurs commissaires , savoir :

S. A. R. le grand-duc de Bade , le sieur Jean-Lambert Buchler ,

son conseiller de légation, chevalier de l'ordre du Lion de Zah-
ringen de Bade et de l'ordre de Ste-Anne 2° classe de Russie ;

S. M. le roi de Bavière, le sieur Bernard-Sébastien de Nau, son
conseiller aulique intime, chevalier de l'ordre du mérite civil de
la couronne de Bavière, de l'ordre de Léopold d'Autriche et de
l'ordre de Ste-Anne 2° classe de Russie ;

S. M. le roi des Français, le sieur Hubert Engelhardt, son commissaire ;

S. A. R. le grand-duc de Hesse et sur le Rhin, le sieur George-
Charles-Auguste Verdier, son conseiller de régence ;

S. A. S. le duc de Nassau, le sieur Louis de Roessler, son conseiller intime et directeur général des domaines, chevalier de
l'ordre royal du Lion des Pays-Bas, de l'ordre du mérite civil de
la couronne de Bavière et de l'ordre de la couronne royale de
Wurtemberg ;

S. M. le roi des Pays-Bas, le sieur Jean Bourwurd, son conseil-
ler-d'état, chevalier de l'ordre royal du Lion des Pays-Bas ;

S. M. le roi de Prusse, le sieur Henri Delius, son président en
chef de régence, chevalier de l'ordre de l'Aigle Rouge 2e classe
avec feuillage de chênes, et commandant de l'ordre royal de France
de la légion d'honneur ;

Lesquels, après avoir échangé leurs pouvoirs trouvés en bonne et
due forme, sont convenus des articles suivans :

TITRE Ier.

*De la navigation du Rhin en général, et des arrangemens et con-
cessions réciproques convenus à ce sujet entre les hautes parties
contractantes.*

Art. 1er. La navigation dans tout le cours du Rhin, du point où
il devient navigable jusqu'à la mer, soit en descendant, soit en
remontant, sera entièrement libre, et ne pourra, sous le rapport
du commerce, être interdite à personne, en se conformant toutefois aux réglemens de police exigés pour le maintien de la sûreté
générale, et aux dispositions arrêtées par le présent réglement.

Art. 2. S. M. le roi des Pays-Bas consent à ce que le Leck et
l'embranchement dit le Waal soient tous les deux considérés
comme la continuation du Rhin dans le royaume des Pays-Bas.

En conséquence, les dispositions du présent réglement sur la navigation du Rhin s'appliqueront à ces deux fleuves considérés comme sa prolongation.

Art. 3. Les navires appartenant aux sujets des états riverains et faisant partie de la navigation rhénane ne seront point obligés à transborder ou à rompre charge, en passant des eaux du Rhin dans la pleine mer, et *vice versa*, par le royaume des Pays-Bas.

La communication avec la pleine mer, en cas de passage direct et sans rompre charge, à travers le royaume des Pays-Bas, aura lieu pour les navires dont il vient d'être parlé, aussi bien à leur sortie par le Leck ou le Waal qu'à leur entrée de la mer dans ces embranchemens, par les voies les plus fréquentées, en passant, savoir : les navires qui se serviront du Leck, devant Rotterdam et la Brielle, et ceux qui se serviront du Waal, devant Dordrecht et Hellevoetsluis par le Hollandsdiep et le Haringvliet ; le tout sous les clauses et conditions contenues au présent réglement, pour autant qu'elles y soient applicables.

Lesdits navires auront aussi l'usage de telle jonction artificielle qui pourrait être établie avec Hellevoetsluis par le canal de Voorne, sauf à acquitter, dans ce dernier cas, les mêmes droits spéciaux auxquels les bâtimens nationaux des Pays-Bas seraient assujétis pour l'usage de ladite jonction.

Si des événemens naturels ou des travaux d'art rendaient, par la suite, impraticable la communication directe avec la pleine mer par la Brielle ou par Hellevoetsluis, le gouvernement des Pays-Bas assignera, en remplacement, au commerce et à la navigation des états riverains du Rhin, telle autre voie aussi bonne que celle qui se trouvera être ouverte au commerce et à la navigation de ses propres sujets, en remplacement de ladite communication impraticable.

De même, si le canal de Voorne devenait impraticable et était remplacé en faveur du commerce et de la navigation des sujets des Pays-Bas sur le Rhin par une autre communication artificielle avec Hellevoetsluis, les navires appartenant aux sujets des autres états riverains du Rhin et faisant partie de la navigation rhénane seront admis à jouir de cette communication, sous les mêmes charges que celles qui seront imposées à de pareils navires des Pays-Bas.

Seront considérés comme appartenant à la navigation rhénane dans le sens du présent réglement, tous les navires dont les patrons ou conducteurs seront pourvus de la patente prescrite par l'art. 42 ci-après, indépendamment des pièces déterminées par l'art. 27.

Art. 4. Les marchandises entrant de la pleine mer pour être

transportées sur les eaux du Waal ou du Leck par Lobith en Allemagne , en France , en Suisse ou plus loin , ou venant de l'Allemagne , de la France , de la Suisse ou de plus loin, pour passer par
lesdites eaux à la pleine mer, en transit direct sans rompre charge, seront soumises aux formalités indiquées dans l'art. 39 ci-après,
mais affranchies lors de leur passage par le territoire des Pays-Bas ,
en suivant les voies tracées par l'article précédent , de tous droits
de transit, de péage ou autres de cette nature, lesquels seront remplacés par un droit fixe , montant par quintal à treize et un quart
centièmes argent des Pays-Bas pour la remonte , et à neuf centièmes des Pays-Bas pour la descente , à l'exception des articles spé-
cifiés dans le tableau joint sous la lettre A à la présente convention , et qui paieront un droit fixe , soit plus , soit moins élevé ,
ainsi que l'un et l'autre y sont déterminés. Il sera néanmoins libre
à S. M. le roi des Pays-Bas d'ajouter à ce droit fixe telle partie des
droits de navigation qu'elle jugerait convenable de ne pas faire
percevoir pour les distances de Lobith jusqu'à Krimpen ou Gorcum
et *vice versa*. Le droit fixe ayant été calculé sur la distance de
Gorcum jusqu'à la pleine mer , en passant devant Dordrecht et
Hellevoetsluis par le Hollandsdiep et le Haringvliet , proportion
gardée de la distance présumée entre Strasbourg et la frontière des
Pays-Bas , il est convenu en outre qu'il sera susceptible d'augmentation ou de diminution , suivant le résultat du mesurage , qui sera
opéré jusqu'en pleine mer et en conformité de l'art. 18 suivant ,
et que la disposition du deuxième alinéa de l'art. 19 suivant rece-
vra également , le cas échéant, son application aux articles indiqués
au tableau litt. A sous le n° 11 , comme jouissant d'une diminution
des droits, pour autant toutefois qu'elle n'aura pas pour objet ceux
compris sous le n° 1 du même tableau.

Art. 5. S. M. le roi des Pays-Bas consent, en outre, que les patrons ou conducteurs de navires, ayant à bord des marchandises
destinées à être exportées par mer par les ports de Rotterdam ,
Dordrecht ou Amsterdam, mais étant dans le cas d'y rompre charge
pour y déposer des marchandises en entrepôt ou les livrer à la
consommation , ou bien pour y compléter leur cargaison , après
avoir acquitté aux bureaux établis à Lobith , à Vreeswyk , à Tiel ,
à Gorcum ou à Krimpen pour la perception du droit de navigation ,
le droit fixe mentionné dans l'article précédent , conformément aux
manifestes vérifiés dont les patrons ou conducteurs doivent être
porteurs,et en se conformant, pour les marchandises destinées à
être déchargées dans les ports de mer susdits , aux dispositions de

la loi générale sur la perception des droits d'entrée, de sortie et de transit en vigueur dans le royaume des Pays-Bas, puissent diriger leur course par telles eaux, rivières ou canaux qu'ils jugeront devoir suivre pour arriver à leur destination et continuer ensuite, depuis lesdits ports de mer, leur voyage jusque dans la pleine mer, sans être tenus de payer quelque supplément de droit fixe à raison de la distance plus ou moins longue qu'ils se proposeront de parcourir, et quel que soit le bras de mer par lequel ils voudront passer. En quittant la voie directe indiquée par l'art. 3, lesdits patrons ou conducteurs seront seulement assujettis aux formalités de douanes prescrites par la législation générale des Pays-Bas pour empêcher la fraude, et au paiement des mêmes droits de péage, d'écluses, de ponts, etc., etc., qui sont acquittés par les navires des Pays-Bas.

Les mêmes dispositions sont applicables aux patrons ou conducteurs de navires appartenant aux sujets des états riverains et faisant partie de la navigation rhénane, qui, venant de la mer, sont chargés de marchandises destinées pour le Rhin, en transit par une des villes de Rotterdam, Dordrecht ou Amsterdam, et qui y rompront charge, soit afin d'y déposer des marchandises en entrepôt ou en livrer à la consommation, soit pour y compléter leur cargaison, et qui voudront ensuite gagner le Rhin pour se rendre à leur destination, et ce, tant par rapport au droit fixe, que pour ce qui concerne la navigation des eaux, rivières et canaux des Pays-Bas.

Art. 6. Il est de même accordé franchise des droits ordinaires de transit pour toutes les marchandises qui, venant du Rhin pour sortir par mer en entrant de la mer pour être transportées par le Rhin vers l'Allemagne, la France, la Suisse ou vers une destination plus lointaine, sont destinées pour les ports de Rotterdam, Dordrecht ou Amsterdam, afin d'y être déposées plus ou moins long-temps aux entrepôts des douanes établis dans lesdits ports.

Les droits de transit seront dans ce cas remplacés par le droit fixe déterminé par l'art. 4 et par le tarif qui y est joint, quel que soit le lieu de l'entrepôt que l'on aurait choisi parmi ceux dénommés ci-dessus, sauf les formalités des douanes prescrites par la législation générale des Pays-Bas comme garantie contre la fraude, ou par les réglemens locaux sur la police des ports et le paiement des droits ordinaires de péages, écluses, ponts, etc., sur les rivières, eaux et canaux, qui ne font point partie des voies directes du Rhin indiquées par l'art. 3.

Les marchandises entreposées, ainsi qu'il vient d'être dit, comme appartenant au commerce du Rhin des sujets des états riverains, ne paieront pour tout droit de magasin, de quai, de grue et de balance, pour autant que l'on fasse usage de ces établissemens, que les quotités indiquées comme *maximum* dans l'art. 69 suivant.

Art. 7. Pour profiter des droits ordinaires de transit aux entrepôts des Pays-Bas, mentionnés dans l'article précédent, les marchandises venant de l'Allemagne, de la France, de la Suisse ou de plus loin, doivent y être apportées par des navires appartenant à la navigation rhénane; et dans ce cas, elles n'acquitteront, en remplacement de tout autre droit de douanes, le droit fixe déterminé à l'article 4, qu'au moment où elles sont déclarées pour être exportées en mer, sans distinction du pavillon sur lequel elles sont chargées.

Par contre, les marchandises provenant de la pleine mer, apportées par des bâtimens n'importe de quelle nation, et déchargées aux ports des Pays-Bas, n'acquitteront le droit fixe, en remplacement de ceux d'entrée, de sortie ou de transit, auxquels une autre destination pourrait donner lieu, qu'au moment où elles sont déclarées pour l'exportation vers l'Allemagne, la France, la Suisse ou vers une destination plus lointaine par le Rhin, et chargées à cet effet à bord d'un bâtiment faisant partie de la navigation rhénane et appartenant à un sujet des états riverains.

Dans l'un comme dans l'autre cas, lesdites marchandises ne seront assujetties au paiement du droit de navigation ordinaire du Rhin, dont il sera question dans les titres suivans, que jusqu'au bureau le plus proche de l'endroit où elles quitteront ce fleuve, ou bien depuis le bureau le plus proche de l'endroit où elles y entreront.

Art. 8. Par les articles précédens, il n'est dérogé en rien au droit de tonnage maritime, ni aux frais de fanal, de pilotage et autres de cette nature, que tout bâtiment de mer est tenu d'acquitter à l'entrée ou à la sortie par mer dans les Pays-Bas, et dont la perception se règle d'après la législation ordinaire de ce pays, en observant toutefois la disposition de l'article 12 suivant.

En réciprocité des stipulations favorables contenues aux articles précédens, les hauts gouvernemens des états riverains s'engagent à étendre, en faveur des navires des Pays-Bas, l'exemption générale du droit de transit, déjà convenu par l'acte du congrès de Vienne, pour tout le cours du Rhin, aux transports par eau des marchandises qui, en quittant le Rhin, entreront dans les rivières, canaux

ou autres navigations intérieures navigables, pour traverser ensuite lesdits états riverains, pour autant que cela pourra se faire,
sans échanger le transport par eau contre un transport par terre.

Ce dernier cas arrivant, les marchandises seront remises au régime de la législation ordinaire des gouvernemens respectifs. — Les
bateliers quittant le Rhin pour se servir des communications intérieures navigables des états riverains seront assujettis, dans tous
les cas, aux formalités qui y sont en vigueur pour le transit, afin
d'empêcher la fraude, ainsi qu'au paiement des droits de péage,
ponts, écluses, etc., qui y sont établis, et sur le même pied que le
sont de pareils bâtimens des états riverains respectifs.

Art. 10. Les hauts gouvernemens des autres états riverains s'engagent aussi, de leur côté, à déclarer ports libres pour le commerce
sur le Rhin, chacun une ou plusieurs villes situées sur les bords du
Rhin, savoir :

Le gouvernement de Prusse, Cologne et Dusseldorf, en se décla-
rant prêt à augmenter encore dans la suite le nombre des ports
francs prussiens, si le besoin et les circonstances le requièrent ;

Celui de Nassau, Biebrich et Aberlahnstein ;

Celui de Hesse, Mayence ;

Celui de Bade, Manheim ;

Celui de Bavière, Spire ;

Celui de France, Strasbourg (voy. art. 11) ;

Sauf la faculté, pour tous les gouvernemens, d'augmenter le
nombre des ports francs, selon leurs convenances respectives ; de
telle manière que les marchandises apportées par les bâtimens des
Pays-Bas ou par tous autres appartenant aux sujets des états riverains, venant dudit royaume ou destinées à y être transportées,
puissent y être entreposées pour un temps plus ou moins long, et
ensuite être expédiées en transit plus loin sur le Rhin, ou sur les
autres communications intérieures navigables indiquées par l'art. 9,
traversant les états riverains à destination de l'intérieur de l'Allemagne ou de la Suisse, sans être assujetties, ni dans l'un ni dans
l'autre cas, au paiement d'aucun droit d'entrée et de sortie ou de
transit, sauf à acquitter, hors de l'entrepôt, les droits de magasin,
de quai, de grue ou de balance, généralement établis dans les ports
francs dont il s'agit, mais qui ne pourront, dans aucun cas, excéder
ceux fixés par l'art. 69 du présent réglement.

Il est, au surplus, entendu que les marchandises qui, dans les
cas prévus ci-dessus, quitteront la voie du Rhin indiquée par l'article 3, ou les rivières confluentes assujetties à un régime semblable

à celui établi sur ledit fleuve , pour transiter par d'autres voies navigables à travers les états riverains, pourront être soumises aux formalités prescrites par la législation en vigueur dans lesdits états pour le contrôle et la surveillance des droits de douane, ainsi qu'au paiement des droits de péage, barrières, ponts, écluses et autres de ce genre , mais sans que les bâtimens des Pays-Bas ou les marchandises qui en viennent ou qui y vont, puissent être traités d'une manière moins favorable que les bâtimens ou marchandises des états riverains qu'ils traversent.

Art. 11. Les gouvernemens des états riverains du Mein, du Neckar, et d'autres rivières qui se jettent dans le Rhin, seront admis à jouir, pour leurs marchandises, de la même immunité dans les ports francs des Pays-Bas, et dans ceux à établir sur le Rhin , que celle accordée par les articles précédens , du moment qu'ils auront établi dans leurs territoires respectifs et sur les bords desdites rivières , de pareils ports francs sous les stipulations mentionnées dans l'article précédent.

Le gouvernement de France , ne pouvant adhérer purement et simplement aux articles qui précèdent , s'en réfère , quant à l'exécution qu'ils recevront sur son territoire , à la déclaration insérée à ce sujet dans le protocole joint au présent réglement , laquelle aura la même force et vigueur que si elle y était textuellement insérée.

Art. 12. En réciprocité de l'affranchissement de tout droit de transit (ou fixe) des marchandises appartenant au commerce du Rhin des Pays-Bas, et transportées par des voies navigables à travers les états riverains , venant de l'Allemagne , de la France, de la Suisse ou de plus loin, ou y allant, S. M. le roi des Pays-Bas accorde en outre aux bâtimens des états riverains du Rhin , appartenant à la navigation de ce fleuve , l'assimilation de leur pavillon à celui des Pays-Bas sous le rapport du droit de tonnage, de pilotage, de fanaux et d'autres de cette nature , lorsque lesdits bâtimens sont destinés en même temps à la navigation maritime.

Il suffira, pour en jouir, que les patrons ou conducteurs des navires représentent aux employés chargés , dans les ports des Pays-Bas , de la perception desdits droits, la patente qui leur a été délivrée en leur qualité de bateliers du Rhin , conformément à l'art. 42 ci-après.

Art. 13. En cas d'entrée pour cause de relâche forcée, ou pour hiverner , et de déchargement partiel ou total pour cause de force majeure dans un des ports des Pays-Bas, les bâtimens appartenant à la navigation du Rhin et aux sujets des états riverains, jouiront de toute protection et de tous les avantages qui sont assurés, par la législation sur les douanes en vigueur dans ledit royaume, aux bâtimens de toutes les autres nations, en se soumettant aux mesures de précaution contre la fraude prescrites par la même législation.

Il est expressément entendu que le séjour des bâtimens du Rhin dans les ports maritimes des Pays-Bas, pour les causes exprimées dans le présent article, ne donnera lieu de ce chef à la demande d'aucun droit d'entrée, de sortie ou de transit.

La même disposition est applicable, lorsqu'en cas de plombage ou d'apposition de scellés aux écoutilles ou endroits servant de dépôt de marchandises, conformément à l'art. 4 ci-dessus, les patrons ou conducteurs des bâtimens traversant le territoire des Pays-Bas depuis Krimpen ou Gorcum jusqu'à la pleine mer ou *vice versa*, sont obligés par manque d'eau, ou par suite de circonstances extraordinaires, d'alléger ou de transborder quelques marchandises sans entrer dans quelque port, pourvu qu'ils se soient adressés préalablement aux employés des douanes les plus voisins, sauf les cas d'absence ou de détresse prévus par les art. 38 et 39 suivans, pour faire lever les plombs ou scellés, et qu'ils se soumettent aux mesures ultérieures que ceux-ci jugeront nécessaires pour prévenir l'importation clandestine d'une partie de la cargaison, et pourvu que les marchandises ainsi alléguées soient rechargées ensuite dans les mêmes bâtimens qui les auront apportées, avant d'avoir atteint le dernier bureau de perception du droit de navigation ou du droit fixe.

TITRE II.

Des droits de navigation et des moyens d'en assurer la perception.

Art. 14. Tout individu exerçant la navigation sur le Rhin, depuis l'endroit où il devient navigable jusqu'à Krimpen ou Gorcum, y compris le Leck et le Waal, et réciproquement, sera tenu de payer sous le titre de droit de navigation :

1° Un droit de reconnaissance pour chaque embarcation du port de 50 quintaux et au-dessus;

2° Un droit sur le chargement, à raison du poids des marchandises.

Art. 15. La perception du droit de reconnaissance et de celui sur le chargement sera faite aux bureaux ci-après désignés , savoir :

a. Pour la descente :

A Brisac, près de Strasbourg, au grand pont du Rhin , Neubourg , Manheim , Mayence, Caub, Coblence, Andernach , Lintz, Cologne , Dusseldorf, Ruhrort , Wesel, Lobith , Vreeswyk et Tiel.

b. Pour la remonte :

A Gorcum , Tiel, Krimpen , Vreeswyk , Emmerich , Wesel, Ruhrort, Dusseldorf, Cologne, Lintz , Andernach, Coblence, Mayence , Manheim, Neubourg, près de Strasbourg , au grand pont du Rhin et Brisac.

Art. 16. Le droit de reconnaissance , dont la quotité est réglée par le tarif ci-joint , sous la lettre B , et le droit de navigation , par quintal de chargement et à raison des distances, tel qu'il est réglé provisoirement par le tarif ci-joint sous la lettre C , seront perçus à chaque bureau de perception pour toute embarcation qui y passera ou qui en partira , et ce pour chaque bureau en particulier.

Toutefois, les hautes parties contractantes se réservent de faire examiner ultérieurement , lors de la réunion de leurs commissaires , prévue par le présent réglement , s'il y a lieu de modifier encore , en tout ou en partie , les taux des droits de navigation et de reconnaissance établis par les susdits tarifs.

Art. 17. Le droit de reconnaissance sera perçu d'après le certificat de jaugeage , dont le patron ou conducteur sera porteur; et chaque état riverain prendra les mesures nécessaires pour que ce jaugeage soit opéré d'après une échelle graduée de décimètre en décimètre , d'après la méthode actuellement en vigueur sur le Rhin entre Strasbourg et la frontière des Pays-Bas, sauf les changemens que la commission centrale pourra trouver convenable d'y apporter.

Art. 18. Le droit de navigation , tel qu'il est indiqué au tarif litt. C, n'ayant été déterminé que d'après les renseignemens plus ou moins exacts puisés dans les cartes existantes , il sera procédé ultérieurement, dans l'année à dater de la ratification du présent réglement , à un mesurage du fleuve dans toute sa longueur, jusqu'à Krimpen et Gorcum , et le tarif sera ensuite arrêté définitivement d'après le résultat dudit mesurage , de manière que la totalité des droits n'excède pas la quotité déterminée par le troisième des articles séparés joints à l'acte du congrès de Vienne , et relatif à la navigation du Rhin , et que la distance, depuis Lobith jusqu'à Gorcum , servira également de base pour le montant du droit de navigation , depuis Lobith jusqu'à Krimpen , et *vice versa* , et qu'il sera perçu le même droit pour les deux distances.

A cette fin , la commission centrale déléguera un expert , et lui fera prêter serment dans l'intérêt commun de tous les états riverains , et elle lui confiera la direction de tout le mesurage.

Il sera libre à chaque état riverain en particulier d'adjoindre , à ses frais, à ce délégué général un commissaire spécial , à l'effet de faire contrôler ses opérations.

S'il y avait divergence d'opinions entre le délégué général et un commissaire spécial , la commission centrale en décidera.

D'ailleurs les rectifications de la ligne de direction du fleuve par lesquelles l'étendue de son cours sera réduite , ne motiveront pas une diminution du tarif , pourvu toutefois que de pareilles rectifications , qui sont incontestablement d'un intérêt général , ne seront entreprises que d'un commun accord avec les états riverains.

Art. 19. La totalité du droit de navigation , tel qu'il est réglé provisoirement par le tarif litt. C , sera diminuée pour les articles indiqués dans les additions audit tarif.

Si l'expérience démontrait la nécessité d'étendre à d'autres objets cette diminution de droits , ou qu'il fût reconnu convenablement de faire subir des changemens aux droits sur les objets actuellement déjà moins imposés , la commission centrale , dans les réunions actuelles , fera à cette fin des propositions qui seront soumises à l'examen des états riverains , pour , en cas d'approbation , être comprises au tarif comme articles additionnels.

Art. 20. Les tarifs seront affichés dans les bureaux de perception.

Art. 21. Par le quintal l'on entendra le poids de cinquante kilogrammes , poids de France , ou de cinquante livres , poids des Pays-Bas. La perception des droits de navigation sera faite d'après ce poids et ses subdivisions.

A cette fin , tous les bureaux et ports de chargement , qui seront désignés par les gouvernemens respectifs , seront pourvus de poids français ou des Pays-Bas bien ajustés.

Le tableau des poids dressé dans le temps par l'ancienne direction générale de l'octroi , en exécution des articles 104 et 105 de la convention de 1804 , pour les objets non susceptibles d'être pesés , continuera d'être suivi pour la réduction au poids , sauf les changemens que la commission centrale pourra trouver nécessaire d'y apporter par la suite.

Art. 22. Les paiemens se eront dans les bureaux sans distinction des territoires où ils se trouvent établis , au choix du patron ou conducteur, soit en monnaie d'or et d'argent du pays où le paiement doit avoir lieu, soit en pareille monnaie de France, à l'exclusion cependant de toutes pièces autres que celles de 40, 20 , 5, 2 , 1 et 1/2 francs. D'après la loi du 28 mars 1803 , les monnaies françaises inférieures au demi-franc seront toutefois admises dans les bureaux allemands, mais seulement pour solde des fractions au-dessous de 50 centimes.

La proportion du cours et des espèces de monnaies de chaque état avec le franc sera fixée d'une manière légale par chaque gouvernement pour l'étendue de sa domination.

Les tableaux particuliers , ou bien un tableau général des réductions, seront affichés dans tous les bureaux , afin de mettre les patrons ou conducteurs à même d'en prendre connaissance.

Ils seront en outre communiqués par les différens gouvernemens à la commission centrale de Mayence.

Art. 23. Les droits de navigation, tels qu'ils sont réglés par le tarif litt. C, seront , à quelques exceptions près y indiquées, perçus d'avance à chaque bureau y désigné , pour la distance à parcourir d'un bureau à l'autre, soit que l'embarcation parcoure ou non cette distance, ou que la totalité ou une partie du chargement soit débarquée plus tôt.

Il est néanmoins fait exception à cette règle, par rapport aux bâtimens qui, après avoir passé un bureau de perception, quitteront le fleuve sur lequel il est situé pour entrer dans une rivière confluente dont l'embouchure se trouve entre ce bureau et celui suivant

Dans ce cas , le droit de navigation ne sera dû qu'à raison de la distance à parcourir depuis le bureau dont il s'agit , jusqu'à l'embouchure de la rivière confluente.

Les additions nécessaires à cet effet au tarif ci-joint , sous la lettre C, seront proposées par la commission centrale aux états riverains.

Il sera libre à chaque gouvernement, qui possède plusieurs bureaux de perception , de diminuer les droits de navigation à percevoir dans un ou plusieurs de ces bureaux , sur les navires destinés à traverser entièrement son territoire sans rompre charge, et d'augmenter, au besoin, les droits à payer à d'autres bureaux de ce même territoire sur les chargemens desdits navires, pourvu que dans ce cas la totalité des droits à percevoir dans l'étendue dudit territoire ne surpasse pas ceux auxquels les navires ou leurs chargemens auraient dû être soumis , si aucune exception à la règle générale n'eût eu lieu.

3

Art. 24. Si le chargement se fait dans un endroit où il n'y a point de bureau, il ne sera perçu jusqu'au prochain bureau, ni droit de reconnaissance, ni droit de navigation ; le tarif détermine les exceptions de cette règle.

Art. 25. Là où un même bureau s'étend sur deux ou plusieurs états riverains, ceux-ci répartiront entre eux la recette d'après l'étendue de leurs possessions respectives sur les rives.

Art. 26. Il sera libre aux états riverains, sur le territoire desquels se trouvent plusieurs bureaux de perception pour leur compte particulier, d'en supprimer du nombre de ceux qui sont établis pour des distances où ils exercent seuls la souveraineté sur le lit de a rivière, en faisant percevoir au bureau le plus proche de la frontière, la totalité des droits de navigation qui leur étaient dus jusqu'alors aux bureaux supprimés, sans que toutefois il puisse y avoir lieu d'exiger des patrons ou conducteurs, qui déchargeront la totalité ou une partie de leurs cargaisons dans l'étendue des bureaux conservés, des droits plus forts sur les objets déchargés, que ceux qu'ils auraient eu à payer, si les bureaux supprimés avaient encore existé. Il sera donné connaissance des suppressions des bureaux dont il s'agit à la commission centrale, ou, en son absence, à l'inspecteur en chef.

Art. 27. Tout patron ou conducteur est tenu, avant de prendre charge, ou au moins avant de partir du lieu de son chargement, de se faire délivrer une lettre de voiture ou de connaissement, constatant la nature et la quantité des marchandises avec désignation de la personne à qui l'expédition en est faite.

Il sera tenu de donner à tous les bureaux sur la route connaissance de son chargement, par la représentation des lettres de voiture et d'un manifeste.

Ce manifeste sera en tous points conforme au modèle joint au présent règlement sous la lettre D, et il sera accompagné des pièces justificatives y mentionnées.

Il sera écrit par le patron ou conducteur lui-même , ou par toute autre personne pour lui, à l'exception toutefois des employés du port ou des droits de navigation; il sera signé par le patron ou conducteur.

Ledit patron ou conducteur est responsable du contenu du manifeste, soit qu'il l'ait fait lui-même ou qu'il l'ait fait faire par un autre.

Les chargemens ou déchargemens partiels, qui pourraient avoir lieu en route, seront également annotés sur le manifeste et certifiés, s'il y a lieu, comme le manifeste principal.

Le manifeste dont il s'agit sera remis par le patron ou conducteur au lieu du déchargement du bâtiment, et, immédiatement après ce déchargement, aux employés des droits de navigation, qui y sont placés ou envoyés par le receveur du bureau desdits droits le plus prochain.

A défaut par le patron ou conducteur de produire, y étant requis. son manifeste et les pièces justificatives exigées en due forme, il ne pourra profiter des avantages que lui assure le présent réglement.

Art. 28. Il sera libre aux employés, que le souverain aurait institués à cet effet sur les lieux de chargement, de s'assurer par une vérification, lors de ce chargement, ou après qu'il a été opéré, de l'exactitude des manifestes sous le rapport de la nature et de la quantité des marchandises.

Ils visiteront le manifeste, pour autant que la vérification en a été faite.

Si le chargement a lieu dans un endroit où il n'y a point d'établissement propre à une pareille vérification, le patron ou conducteur pourra être obligé de s'y soumettre au bureau le plus prochain.

Ce droit est indépendant de celui qu'ont les employés des droits de navigation de tout autre bureau, de visiter les embarcations pour en reconnaître le chargement, chaque fois qu'il y aura des soupçons sur l'exactitude des manifestes.

Les employés des droits de navigation, embarqués sur un bateau ou canot portant le pavillon des susdits droits, pourront également exiger la représentation du manifeste de tout patron ou conducteur d'embarcation, en quelque endroit du Rhin qu'il soit rencontré. Le principal employé embarqué au canot visera alors ledit manifeste, ainsi que les déclarations additionnelles qui pourront s'y trouver, et veillera à ce qu'il n'y soit laissé ni blanc, ni intervalle, ni lacune; il fera mention dans ce visa de l'endroit du fleuve, du jour et de l'heure où il aura apposé ledit visa. Les visa dont il vient d'être parlé ne donneront lieu à aucuns frais.

Art. 29. Les conducteurs de trains de bois représenteront un manifeste indiquant le nombre et le volume total des arbres, calculé en mètres cubes. Le contrôle en sera fait par les employés des droits de navigation, conformément aux instructions et à la table de réduction actuellement en vigueur à cet effet sur le Rhin, entre Strasbourg et la frontière des Pays-Bas.

Art. 3o. Les droits de navigation légalement perçus, conformé-

ment au manifeste produit à cet effet au bureau de perception,
ne seront pas restitués lors-même que le patron ou conducteur, en
continuant son voyage, aurait souffert une avarie extraordinaire.

Art. 31. Il n'y aura pas lieu d'exiger de nouveaux droits sur les
embarcations qui, après avoir acquitté les dits droits lors de leur
passage à un bureau, seraient forcées par l'orage, les glaces, ou par
tout autre accident, d'y retourner avec le même chargement,
ou même de rebrousser chemin plus loin.

Art. 32. Aucune exemption des droits de navigation ne sera admise, quelles que soient la nature et la destination des chargemens,
et à quelques personnes qu'ils puissent appartenir.

Il sera néanmoins libre à tout état riverain individuellement,
ou de concert avec tel état voisin qui participe au produit des
droits, d'établir des diminutions ou exemptions des droits, soit
par forme de mesure générale pour certains objets sans distinction
de personnes, soit même par forme d'exemption en faveur de certains bâtimens appartenant à ses propres sujets, ou d'une personne
désignée et dans des cas particuliers, pourvu que ces diminutions
ou exemptions ne soient accordées que pour le territoire qui appartient exclusivement, soit à cet état, soit aux états voisins inté-
ressés, à moins que les autres états riverains n'y donnent leur
adhésion.

Art. 33. Cependant les états riverains ne pourront rehausser ledit tarif en aucune manière, pas même indirectement, en prescri-
vant l'usage du papier timbré, ou en établissant d'autres droits de
ce genre.

Ils ne pourront également, sans l'assentiment de tous les états
riverains, augmenter le nombre des bureaux, ni en changer le lieu,
sauf les exceptions portées aux articles 23 et 26 ci-dessus.

Art. 34. Les droits de navigation du Rhin ne pourront jamais
être affermés, soit en masse, soit partiellement ; la perception en
sera faite par chaque état riverain pour son compte et par ses employés.

Les gouvernemens co-riverains s'obligent réciproquement à pla-
cer dans leurs bureaux de perception un nombre d'employés suffisant pour que le service ne soit jamais en souffrance, et que les patrons ou conducteurs n'éprouvent point de retard dans leurs expéditions.

Art. 35. Dans les lieux où il existe un bureau des droits de navigation, le patron ou conducteur ne pourra ni charger, ni décharger,
avant d'en avoir obtenu la permission des employés des droits de

navigation, auxquels les gouvernemens respectifs enjoindront expressément de n'occasionner aucun retard au patron ou conducteur.

En cas de contravention de la part du patron ou conducteur, il sera tenu de payer le double droit des marchandises qu'il aura chargées ou déchargées, en les mettant à terre ou en les transférant à bord d'un autre bâtiment, le tout sans préjudice des autres peines portées par les lois du pays où la contravention aurait eu lieu, contre ceux qui se permettraient des débarquemens prématurés ou clandestins.

Les formalités à observer dans d'autres endroits, soit pour l'attérage, soit pour les embarquemens et débarquemens, sont réglées par les lois de chaque pays.

TITRE III.

De l'application à la navigation du Rhin des lois sur les douanes des états riverains.

Art. 36. Les patrons ou conducteurs d'embarcations, munis de manifestes en bonne et due forme, ne pourront être arrêtés en route sous prétexte d'impôts de l'état à percevoir, ou de recherches à faire à cette fin sur les chargemens, si ce n'est à un des bureaux de perception établis par le présent réglement, ou dans les cas prévus par l'art. 41 suivant.

Art. 37. Le transit direct sur le Rhin, du point où il devient navigable jusqu'à la mer, et réciproquement, sera libre pour toutes les marchandises sans distinction, et sans avoir égard à ce que les lois sur les douanes des états riverains pourraient avoir ordonné, relativement à l'importation ou à l'exportation, et sans qu'elles puissent être assujetties, pendant le transport sur tout le cours du Rhin ci-dessus indiqué, à aucun autre droit qu'à ceux fixés par le présent réglement.

Il n'y aura donc lieu à l'application des lois sur les impôts de chaque pays que dans le cas où il s'agirait, ou de marchandises dont la destination, en arrivant dans ce pays, serait d'y être déchargées, ou de marchandises qui y seraient embarquées pour l'exportation, ou enfin de celles qui seraient débarquées et mises sur le quai, ou rechargées à bord d'autre bâtiment, sauf les dispositions relatives aux ports francs établis par le présent réglement, et sans préjudice aux allégemens ordinaires pour cause d'avarie ou de gros temps, ou qui pourraient être temporairement nécessaires en quelques endroits du fleuve, eu égard à l'état moins favorable de son lit pour la navigation, lorsque ces allégemens se font en pleine rivière sans toucher aux rivages, et sous la surveillance des employés des douanes, et, en leur absence ou à leur défaut, sous celle de l'autorité locale la plus voisine.

Cependant les marchandises importées ou exportées sur le Rhin ne pourront en aucun cas être assujetties à des droits plus forts que celles de même nature importées ou exportées par terre.

Art. 38. Chaque état riverain aura le droit de déterminer à son gré les ports et les lieux d'attérage, où il sera exclusivement permis de prendre charge et de décharger.

Néanmoins, lorsqu'un patron ou conducteur, pour cause d'orage ou d'autres accidens, sera empêché de continuer sa route, il lui sera permis de mettre son embarcation et son chargement en tout autre lieu de sûreté, pourvu que cela se fasse sous la surveillance des employés des douanes, et, en leur absence ou à leur défaut, sous celle de l'autorité locale.

Le patron ou conducteur, en reprenant les marchandises pour continuer sa route, ne sera sujet à aucun droit d'entrée, ni de sortie, ou de transit.

Lorsqu'en pareille circonstance, le patron ou conducteur arrivera dans un endroit où il n'y a point d'employés des douanes, il devra de suite donner connaissance de son arrivée à l'autorité locale, faire ses diligences, afin de constater, d'une manière légale, la force majeure qui l'a obligé à relâcher, et en faire dresser procès-verbal.

Les employés des douanes au poste le plus voisin du même territoire en seront de suite avertis, et pourront prendre des mesures ultérieures pour surveiller eux-mêmes le chargement.

Si, pour ne pas exposer les marchandises à de nouveaux accidens, on juge à propos de décharger le bâtiment, le patron ou conducteur sera tenu de se soumettre à toutes les mesures légales tendant à prévenir l'importation clandestine d'une partie de sa cargaison.

Les mesures que le patron ou conducteur aurait prises de son chef, sans en avoir préalablement averti les employés, ou, en leur absence ou à leur défaut, l'autorité locale, et sans attendre leur intervention, ne seront excusables qu'autant qu'il prouvera d'une manière incontestable que le salut du bâtiment ou de la cargaison en a dépendu.

Art. 39. Pour profiter de la liberté du transit accordée par le premier alinéa de l'art. 37 ci-dessus, les patrons ou conducteurs d'embarcations destinées à parcourir, sans prendre un nouveau chargement, ni en délivrer une partie, des distances où la souveraineté sur le fleuve appartient, avec ses deux rives, à un seul et même gouvernement, ne seront, au moment où ils entreront dans une telle partie du fleuve, tenus à d'autres formalités par rapport aux douanes, qu'à faire apposer des plombs ou cachets aux écoutilles, ou aux endroits servant de dépôt de marchandises, ou à recevoir à bord des gardiens, toutes les fois que l'autorité locale jugera convenable d'en mettre, afin d'empêcher la fraude, ou enfin à se soumettre à ces deux formalités ensemble.

Lorsqu'en cas de plombage ou d'apposition de scellés aux écoutilles ou endroits servant de dépôt de marchandises, les patrons ou conducteurs des bâtimens sont obligés, par manque d'eau, ou par suite d'autres circonstances extraordinaires, d'alléger ou de transborder quelques marchandises, pour être rechargées ensuite dans les mêmes bâtimens, ils devront s'adresser aux employés des douanes les plus voisins, pour faire lever les plombs ou scellés, et se soumettre aux mesures ultérieures que ceux-ci jugeront nécessaires pour prévenir l'importation clandestine d'une partie de la cargaison.

Le service desdits gardiens se bornera à la surveillance des bâtimens et des cargaisons, ou des plombs et cachets, dans le but indiqué.

Les patrons ou conducteurs des bâtimens sont tenus de faire participer ces gardiens à la nourriture de l'équipage, et de leur fournir le feu et la lumière nécessaires; mais il est défendu aux gardiens d'exiger en outre, à ce titre et sous aucun prétexte, aucune rétribution quelconque du patron ou conducteur, et même d'en accepter l'offre.

Les dispositions qui précèdent pourront être rendues également applicables à des parties du fleuve, dont les rives opposées appartiennent à différens gouvernemens, lorsque ceux-ci se seront entendus sur un régime commun des douanes.

Art. 40. Les patrons ou conducteurs d'embarcations, à bord desquelles se trouvent des marchandises destinées à être déchargées sur un des territoires qu'ils touchent dans leur route, seront, pour autant que la loi l'exige, tenus de faire la déclaration exacte de leurs chargemens aux employés des douanes présens au premier bureau des droits de navigation de cet état.

Ces employés pourront vérifier le chargement, et faire payer les droits auxquels les marchandises sont assujéties par la loi du pays, en cas de déchargement ou d'importation. Il en sera de même si le patron ou conducteur a chargé, sur le territoire d'un état riverain, des marchandises destinées à être exportées; mais, en ce cas, la déclaration en sera faite aux employés des douanes présens au dernier bureau des droits de navigation, avant de sortir de ce territoire par le Rhin, ou, si les lois du pays le permettent, à ceux du bureau le plus proche du lieu de l'embarquement.

Art. 41. Lorsqu'un patron ou conducteur sera convaincu d'avoir tenté la contrebande, il ne pourra pas invoquer la liberté de la navigation du Rhin, pour mettre, soit sa personne, soit les marchandises qu'il aurait voulu importer ou exporter frauduleusement, à l'abri des poursuites dirigées contre lui de la part des employés des douanes, sans cependant qu'il puisse y avoir lieu à saisir, pour cause d'une pareille tentative, le reste du chargement, qui n'en aurait pas été l'objet, ni en général à sévir contre le patron ou conducteur d'une manière plus rigoureuse que ne l'ordonnent les lois générales en vigueur dans l'état où la contrebande a été constatée.

Si, dans un des bureaux frontières d'un territoire, soit en entrant, soit en sortant, ou pendant la traversée de ce territoire, il est reconnu qu'un patron ou conducteur est porteur d'un manifeste tellement infidèle, qu'il en résulte une fraude consommée ou tentée, il aura également pour ce fait encouru les peines portées par la loi du pays contre les déclarations infidèles.

Les hautes parties contractantes s'engagent à convenir ultérieurement de telles autres dispositions favorables, par rapport à l'application de leurs systèmes de douanes à la navigation du Rhin, que l'expérience pourrait démontrer nécessaires pour vivifier le commerce et la navigation du Rhin, et qui seraient conciliables avec leurs intérêts financiers.

TITRE IV.

Du droit d'exercer la navigation du Rhin.

Art. 42. La navigation du Rhin exigeant beaucoup d'expérience et de connaissances locales, on n'admettra à son exercice que des patrons ou conducteurs expérimentés qui auront préalablement fait preuve de leurs connaissances , sans pouvoir cependant soumettre à de nouvelles justifications ceux qui auront déjà exercé le droit de navigation.

Chaque gouvernement riverain prendra les mesures nécessaires pour s'assurer de la capacité des personnes auxquelles il confie l'exercice de la navigation du Rhin.

La patente délivrée en conséquence au patron ou conducteur reconnu apte par les autorités de son pays lui donnera le droit d'exercer cette navigation, conformément aux dispositions du présent réglement . depuis l'endroit où le Rhin devient navigable jusqu'à la mer, et de la mer jusqu'à l'endroit susdit , le tout sans aucune distinction entre la grande et la petite navigation , et ce qu'on désigne sous le nom de navigation intermédiaire. Les patentes de navigation , dont il s'agit , ne seront délivrées qu'à des sujets reconnus des états riverains du Rhin , et les bâtimens seront signalés dans les patentes .

Art. 43. Le patron ou conducteur admis à la navigation sur le Rhin, et y naviguant, ne pourra nulle part être contraint à décharger malgré lui , ou à transférer son chargement sur d'autres embarcations. En conséquence , tous les droits, priviléges et usages , qui sont en opposition directe ou indirecte avec la présente disposition, établis dans les ports ou dans tout autre endroit sur le Rhin jusqu'à la mer, soit en faveur d'une association de patrons ou conducteurs pour favoriser les chargemens par un tour de rôle usité parmi eux , soit pour toute autre cause, sont et demeureront supprimés , sans qu'il en puisse être établi sous quelque dénomination que ce soit.

Il en sera de même quant aux rivières communiquant directement avec le Rhin , conformément à l'art. 110 du traité de Vienne et aux articles y annexés sous le numéro XVI.

Art. 44. Toutes les associations et corporations de patrons ou conducteurs , qui ont subsisté jusqu'à ce jour, sont supprimées.

Il sera procédé, sous la direction des autorités du pays où elles sont établies , à la liquidation de leur avoir et de leurs dettes , qui seront acquittées par les membres actuels de ces associations.

Le résidu de l'avoir, s'il y en a, appartiendra aux membres actuels , pour en disposer à leur gré, comme d'une propriété commune , à moins qu'il n'ait reçu une autre destination par une disposition antérieure et valable.

Art. 45. Le nombre des patrons ou conducteurs sur le Rhin est indéterminé.

Les patrons ou conducteurs exploitant la navigation sur les rivières qui se jettent dans le Rhin, telles que le Neckar, le Mein, la
Moselle et la Meuse, de même que les patrons ou conducteurs de
l'Escaut, seront admis à la navigation du Rhin, pour autant que,
par réciprocité, ceux du Rhin soient admis à la navigation desdites
rivières.

Il suffira, dans ce cas, que ces patrons ou conducteurs constatent
leur droit à la navigation d'un desdits fleuves.

Art. 46. Le transport de personnes, chevaux, voitures, effets
et autres objets d'une rive à l'autre, et ce qui tient au commerce
ordinaire des deux rives, n'a rien de commun avec le présent réglement, non plus que la navigation d'un patron ou conducteur
restreint à l'exercer dans l'enceinte du territoire de son souverain,
sans en dépasser les limites, un tel patron ou conducteur n'étant
assujetti qu'aux autorités du pays où il exerce son métier.

Art. 47. Le gouvernement du pays où le patron ou conducteur
est domicilié, a seul le droit de lui retirer, pour des motifs graves,
la patente qui lui a été délivrée. Cependant, cette disposition
n'exclut pas le droit qu'aura tout état riverain de faire poursuivre
et juger tout patron ou conducteur prévenu d'un délit ou crime
commis sur son territoire, et de demander même, selon les circonstances, aux autorités de son domicile, que sa patente lui soit
retirée.

TITRE V.

Du fret et du tour de rôle.

Art. 48. Le prix du fret, de même que toutes les autres conditions
de transport, sont entièrement abandonnés à la libre convention
entre le patron ou conducteur et l'expéditeur ou son commettant ;
et de même que ceux-ci pourront faire leur choix parmi plusieurs
patrons ou conducteurs, sans égard à leur domicile, de même le
patron ou conducteur aura la faculté d'accepter ou refuser les offres
de chargement qui lui sont faites.

Art. 49. Deux ou plusieurs villes pourront néanmoins contrac-
ter, avec tel nombre de patrons ou conducteurs qu'elles croiront
nécessaire au service de leur commerce mutuel, des engagemens
à terme, afin de stipuler le prix du fret, le temps du départ et de
l'arrivée, et toutes autres conditions concernant leur intérêt privé

et qui ne dérogeront à aucune loi impérative ou prohibitive, et établir par cette voie un tour de rôle propre à assurer à la fois des prix équitables au commerce, et aux patrons ou conducteurs un prompt chargement de retour toutes les fois qu'ils arrivent dans un port.

Ar. 5o. Dans les villes où un pareil tour de rôle sera établi, il sera libre à chaque négociant ainsi qu'à chaque patron ou conducteur de prendre part à cette association ou de s'y refuser. Les commerçans et patrons ou conducteurs, une fois associés, pourront toujours résilier la convention à la fin de chaque année, pourvu que l'avertissement en ait été donné trois mois d'avance. Chaque négociant, tant qu'il est membre de l'association, est tenu de se conformer au tour de rôle, sans pouvoir, sous son propre nom ni sous un prête-nom, charger des marchandises dans d'autres embarcations, sauf les dispositions particulières des commettans étrangers qui ne seraient pas membres de l'association.

De même chaque patron ou conducteur, tant qu'il est membre de l'association, est tenu d'observer le tour de rôle.

Néanmoins, si les convenances commerciales des deux villes contractantes exigeaient de modifier les dispositions qui précèdent, il pourra y avoir lieu; mais dans ce cas leurs conventions auront besoin de l'approbation spéciale de leurs gouvernemens respectifs.

Art. 5r. Les conventions qui établissent un tour de rôle n'étant obligatoires qu'entre les parties contractantes, à l'instar de tout autre contrat de chargement passé entre particuliers, et étant d'ailleurs frappées de nullité dès qu'elles renferment des clauses contraires à une loi impérative ou prohibitive, ou qu'elles contiennent lésion des droits d'un tiers, il suffit qu'elles soient rédigées dans les formes usitées dans le lieu où elles auront été passées. Ni la commission centrale, ni l'inspecteur en chef de la navigation du Rhin, ne pourront exiger qu'on les fasse intervenir dans ces contrats, ou que le prix du fret soit réglé de leur consentement.

Néanmoins les gouvernemens respectifs prendront connaissance de ces conventions, et auront soin de les faire communiquer à la commission centrale ou, en son absence, à l'inspecteur en chef de la navigation du Rhin.

Art. 5a. Toutes les fois que deux gouvernemens riverains conviendront d'établir une embarcation destinée au transport de voyageurs, de leurs effets ou voitures, ou même de marchandises, et qui partira à jour et heure fixes d'un endroit indiqué, cette embarcation jouira des mêmes droits dont jouissent toutes les autres qui exercent la navigation sur le Rhin.

Ni la commission centrale, ni l'inspecteur en chef de la navigation du Rhin, n'ont également aucune surveillance particulière à exercer sur ces sortes d'embarcations, et moins encore le droit de décider s'il sera convenable d'en établir et dans quels lieux, ou quels seraient les moyens de les encourager, ou les dispositions à prendre à leur égard.

TITRE VI.

Des réglemens de police pour la sûreté de la navigation et du commerce.

Art. 53. La première fois qu'un patron ou conducteur présentera une embarcation pour être admise à la navigation du Rhin et pour recevoir un chargement, il devra préalablement soumettre cette embarcation à la visite d'experts assermentés à cette fin, pour faire constater qu'elle a été trouvée propre à la partie de la navigation à laquelle elle est destinée; qu'elle est solide, bien calfatée, et pourvue des tous les agrès et ustensiles nécessaires; enfin, qu'elle offre dans sa construction les moyens nécessaires pour la conservation des marchandises, et que son équipage se compose d'un nombre de matelots suffisant pour la conduire.

Cette visite devra être renouvelée chaque fois qu'un expéditeur la jugera nécessaire, et au moins une fois tous les ans.

Tout expéditeur de marchandises pour compte d'autrui aura le droit d'exiger du patron ou conducteur la production d'un certificat délivré en dernier lieu par les experts susdits.

S'il a négligé cette précaution, il sera personnellement responsable des pertes et avaries causées par le mauvais état de l'embarcation, sauf son recours contre le batelier.

Les gouvernemens riverains prendront pour chaque port d'embarquement et de déchargement, désigné d'après l'art. 38 ci-dessus, les mesures nécessaires, afin de régulariser les opérations des experts, et d'en garantir l'effet au commerce.

Art. 54. Les qualités requises pour rendre une embarcation propre à la navigation du Rhin seront déterminées d'après les besoins des localités, du consentement des gouvernemens respectifs. Il ne pourra, sous aucun autre rapport, être établi de différences entre les embarcations destinées à la navigation rhénane.

Art. 55. Il appartiendra de même aux gouvernemens riverains respectifs de faire entrer dans les réglemens pour les ports et lieux d'embarquement et de débarquement toutes les dispositions qu'ils jugeront les plus propres à faciliter le commerce, favoriser la navigation, accélérer les expéditions, maintenir le bon ordre lors de l'embarquement et du débarquement, pour pourvoir à la sûreté des marchandises déposées sur les quais, assurer la conservation des objets pour lesquels il y aurait refus d'accepter, ou autres contestations quelconques, et garantir le bien des négocians et des patrons ou conducteurs en général.

Art. 56. Le patron ou conducteur répond des marchandises dont il se charge, du moment qu'elles sont déposées sur le quai, et lui ont été désignées comme devant faire partie de son chargement.

S'il est prouvé que le dommage arrivé à des marchandises a été causé par la faute des employés, la réparation en sera faite par l'autorité qui leur est immédiatement préposée, sans qu'il puisse y être apporté aucun retard pour cause du recours que celle-ci pourrait exercer contre les employés.

Art. 57. Le patron ou conducteur ne pourra pendant le voyage s'absenter de son embarcation. En cas de contravention, les employés des droits de navigation y placeront à ses frais, risques et périls, un autre conducteur, quand même il n'y aurait eu jusqu'alors aucune avarie, dont en tout cas le patron ou conducteur absent restera responsable.

Il s'entend que cette disposition ne sera pas applicable en cas d'absence momentanée du patron ou conducteur pour achat de vivres, pour acquitter les droits, ou autres motifs semblables.

Art. 58. Partout où les localités de la rivière exigent, d'après l'usage ou les ordonnances, un changement de pilotes ou lamaneurs le patron ou conducteur sera tenu d'en prendre de nouveaux à bord, sous peine d'y être contraint par les employés préposés à la surveillance du Rhin.

En cas de concurrence de plusieurs lamaneurs ou pilotes, le patron ou conducteur en aura le choix.

Art. 59. Sont exceptés de la disposition du précédent article les bateaux qui n'ont que peu de capacité, tels que les canots au-dessous de 300 quintaux de capacité, les coches d'eau, etc., etc.

Art. 60. Le service et le salaire des pilotes et lamaneurs continueront à être réglés par les ordonnances de chaque état riverain et par les tarifs qui y sont ou seront établis , et sans que le batelier étranger puisse être traité à cet égard autrement que celui du pays.

Art. 61. Le patron ou conducteur, qui conduit à la fois plusieurs bateaux chargés , ne pourra dans aucun cas , ni à la remonte , ni à la descente, les attacher l'un à l'autre.

Il ne pourra de même y avoir lieu à attacher à une embarcation chargée un autre bateau vide dont la capacité serait au-dessus de 300 quintaux.

S'il y a nécessité d'alléger , les alléges seront conduites et, en cas de remonte, attelées séparément.

Art. 62. Il est défendu de charger des marchandises sur le tillac des bateaux. Il est également défendu, pendant le trajet, de transborder des marchandises d'un bord à l'autre, excepté le cas où les eaux seraient trop basses , que l'embarcation fût endommagée, ou qu'il y eût quelqu'autre péril imminent , qui mettrait le patron ou conducteur dans la nécessité d'alléger sans délai, sauf à se conformer dans ce cas à ce qui est prescrit par l'art. 39 ci-dessus.

Art. 63. Les dispositions de l'art 61, ainsi que la défense de charger sur le tillac des bateaux , ne sont pas applicables à la navigation du Rhin qui se fait par des bateaux à vapeur.

Néanmoins les marchandises chargées sur le tillac des bateaux dont il s'agit seront réunies dans un ou deux endroits et recouvertes par une toile attachée au tillac , de manière à permettre le plombage sans occasionner un surcroît de frais et de retard, lorsque le trajet d'un territoire en transit y donne lieu suivant l'article 37 ci-dessus.

Les gouvernemens respectifs prendront des mesures pour favoriser et protéger cette nouvelle branche d'industrie , et pour assurer au commerce tous les avantages qu'elle semble promettre.

Art. 64. Les contraventions aux dispositions des art. 61 et 62 seront punies d'une amende de 100 à 300 francs par le juge des droits de navigation, dont il sera parlé ci-après , du lieu où la contravention aura été découverte , sans préjudice de la responsabilité du patron ou conducteur pour tout autre dommage causé par la non-exécution desdites dispositions.

Art. 65. Les transports de poudre à canon se feront, dans tous les cas, sur des embarcations particulières sans aucun mélange avec d'autres objets. Les bateaux chargés de poudre resteront, autant que faire se pourra, éloignés des rives ; et en cas de relâche, soit pour le déchargement, soit pour toute autre cause, qui empêcherait la continuation du voyage, la police de l'endroit le plus voisin en sera avertie pour prendre les mesures que la sûreté publique pourrait exiger. Le patron ou conducteur sera tenu de s'y conformer, le tout sous les peines portées par l'art. 64 et qui seront prononcées contre les contrevenans par le juge des droits de navigation.

Art. 66. Les trains de bois devront être précédés d'une nacelle, afin de donner avis aux bateaux, moulins et ponts qui se trouvent sur la rivière ou dans les ports, de se tenir en garde et de prendre à temps les mesures nécessaires pour leur sûreté. Cette nacelle devra devancer les trains au moins d'une heure, et porter comme marque de sa destination, et pour être reconnue de loin, un pavillon formé de seize quartiers en rouge et noir alternativement.

L'observation de cette formalité ne suffira cependant pas pour mettre le conducteur du train à l'abri de toute responsabilité, si d'ailleurs il n'a pas employé tous les soins possibles afin d'éviter les accidens; s'il n'a pas été pourvu des agrès nécessaires à raison de la grandeur de son train; s'il y a des défauts dans sa construction, ou enfin s'il a commis ou omis quelque chose qui, d'après les principes généraux du droit, l'obligerait à réparer le dommage occasionné par le passage de son train.

Art. 67. Les états riverains s'engagent à mettre leur attention particulière à ce que les chemins de halage existans, qui passent sur leur territoire, soient mis et entretenus en bon état, et que toutes les réparations, qui deviendraient nécessaires, aient lieu chaque fois sans le moindre retard; le tout aux frais de qui il appartiendra, pour ne jamais faire éprouver sous ce rapport aucun obstacle à la navigation.

Ils s'engagent de plus, chacun pour l'étendue de son territoire, à prendre les mesures nécessaires pour que les moulins ou autres usines établies sur la rivière, ainsi que les bâtardeaux et ouvrages d'art quelconques, ne puissent jamais entraver la navigation, et que les ponts volans ou à bateaux donnent libre passage aux bâtimens ou radeaux qui veulent continuer leur route, aussi promptement que possible, sans que ceux-ci puissent, en raison de cela, être astreints à d'autres paiemens qu'à de modiques rétributions à régler d'un commun accord et d'une manière invariable; enfin à faire cesser sans retard, et à leurs frais, tous les autres obstacles de la navigation qui pourraient se rencontrer dans le lit de la rivière même, pour autant, toutefois, que les obstacles résulteront du défaut de surveillance et d'entretien convenable. Les dispositions du présent article, en ce qui concerne l'entretien en bon état

des chemins de halage et du lit de la rivière même , ne sont obligatoires pour le gouvernement des Pays-Bas qu'à raison de l'embranchement du Waal.

Art. 68. Afin de ménager les chemins de halage et les bâtimens,
garde-fous et autres établissemens adjacens , il ne pourra à la remonte des bateaux être attelé plus de trois chevaux au même câ-
bleau. Les autorités judiciaires locales pourront infliger des peines
de police aux contrevenans.

Art. 69. Les gouvernemens respectifs indiqueront aux patrons
ou conducteurs du Rhin des endroits convenables pour déposer
leurs marchandises, et auront soin d'établir et de maintenir les arrangemens nécessaires pour que les déchargemens et chargemens
puissent s'opérer avec toute la facilité et la célérité désirables.

Les patrons ou conducteurs ne pourront, sans un consentement
exprès des employés des droits de navigation , décharger ou charger des marchandises à quelques autres endroits.

A chaque lieu de chargement ou de déchargement , il sera désigné par les soins des gouvernemens respectifs une commission de
surveillance chargée de la police du port , et il y sera prélevé pour
faire face, tant aux frais d'entretien qu'à ceux de surveillance, une
rétribution sous la dénomination de droit de quai, de grue et de
balance , laquelle ne pourra jamais excéder le maximum suivant,
savoir :

a. Pour droit de quai, 5 centimes ;

b. Pour droit de grue , 5 centimes pour le débarquement et 5 centimes pour l'embarquement par quintal ; total 10 centimes;

c. Pour droit de balance , 5 centimes.

Quant aux marchandises qui pour leur conservation seraient entreposées dans les magasins établis à cet effet dans chaque lieu de
déchargement ou chargement, elles paieront un droit de magasin ,
qui ne pourra pas excéder par quintal 1/3 de centime par jour pour
le premier mois et 1/6 de centime par jour pour chaque mois
suivant.

Il ne pourra y avoir, quant à la hauteur desdits droits de quai ,
de grue, de balance et de magasin, aucune distinction entre les
étrangers et les régnicoles.

Art. 70. Dans les endroits de chargement ou de déchargement
où il se trouve des chantiers , quais , grues , balances publiques ,
magasins et ports de sûreté établis aux frais de l'état ou d'une
ville, ainsi qu'il vient d'être dit dans l'article précédent , il n'y
aura que ceux qui en feront usage qui puissent être tenus à payer

les droits fixés par les gouvernemens respectifs, conformément au même article, et destinés à l'entretien et à sa surveillance.

Tous les usages contraires à cette disposition sont abolis.

Les patrons ou conducteurs qui abordent à la rive, et qui chargent ou déchargent des marchandises sans faire usage de l'un ou de l'autre de ces établissemens, et sans nuire au service ordinaire du quai, ne seront tenus qu'à payer la rétribution due pour ceux de ces établissemens dont ils se seront réellement servis, et dont il aura dû être fait usage pour constater le poids de leur chargement au moment où il s'opère.

TITRE VII.

De la fraude des droits de navigation.

Art. 71. La fraude en matière de droits de navigation sera punie d'une amende du quadruple des droits fraudés, non compris le montant du droit, qui devra toujours être acquitté en sus.

Pour déterminer le montant de l'amende, on prendra pour base le total desdits droits que le patron ou conducteur aura tenté de frauder au bureau où la fraude est découverte, et de ceux fraudés à tous les autres bureaux du même territoire.

Si l'instruction fournissait la preuve d'une soustraction de droits commise par le même patron ou conducteur envers un ou plusieurs autres états riverains, il en sera donné connaissance aux bureaux respectifs, par la communication de copies authentiques des procès-verbaux, et l'amende sera en même temps perçue pour leur compte. Le patron ou conducteur ne pourra cependant, pour cette cause, être empêché de continuer son voyage.

Art. 72. Chaque bureau de perception sera tenu de donner quittance au patron ou conducteur de la somme perçue, et en outre d'en faire mention au bas du manifeste.

Ces quittances seront détaillées, en énonçant distinctement le nombre des quintaux pour lequel aura été payé la totalité, le quart, le vingtième du droit, ou le double droit de reconnaissance, et le montant des différens droits payés sur le chargement, ainsi que du droit de reconnaissance pour le bateau.

Art. 73. Le patron ou conducteur pourra être obligé, par chaque bureau de perception, de prouver par la représentation de ses quittances qu'il a acquitté les droits de navigation et de reconnaissance à tous les bureaux où il était tenu d'en payer. Faute de produire ces quittances, il sera, jusqu'à ce qu'il se soit justifié, regardé comme fraudeur et tenu de payer provisoirement l'amende fixée par l'art 71.

Art. 74. Le patron ou conducteur qui passera devant un bureau sans s'y présenter pour le paiement des droits, avec exhibition de son manifeste, ou qui en partira avant d'avoir effectué le paiement, encourra la peine portée par l'art. 71 ci-dessus, à moins qu'il n'y ait été contraint par une force majeure et apparente, afin de sauver son bateau, le chargement ou l'équipage. En pareil cas, il suffira que le patron ou conducteur se présente au bureau de perception, aussitôt que l'embarcation, les marchandises ou l'équipage auront été mis en lieu de sûreté.

Art. 75. Si, lors du débarquement ou par la vérification du poids des marchandises déchargées, il est reconnu que le nombre des colis trouvés dans le bâtiment, leur désignation ou la nature des marchandises n'est point conforme au manifeste, il sera procédé, avant toutes choses, à la recherche des causes de cette différence.

Art. 76 Le patron ou conducteur, dans le manifeste duquel il y aurait omission totale de quelques colis ou autres articles de son chargement, aura encouru l'amende portée par l'art 71 ci-dessus à raison des droits auxquels les objets soustraits auraient été soumis.

Art. 77. Si, dans le poids porté au manifeste, il y avait une différence telle qu'on ne saurait la regarder comme l'effet du hasard, l'amende sera payée pour l'excédant du poids. Si, au contraire, la différence est de si peu d'importance qu'elle ne puisse être regardée comme provenant d'une intention de fraude, il y aura seulement lieu au paiement du droit simple sur l'excédant pour tous les bureaux ressortissant du même gouvernement.

Art. 78. Si, au lieu d'une marchandise soumise à un droit plus fort, le manifeste en désigne une moins imposée, dans ce cas l'amende sera réglée d'après le montant réel des droits dus sur les articles qui n'ont pas été duement déclarés.

Art. 79. Le patron ou conducteur sera, dans tous les cas, responsable des amendes encourues, sauf son recours contre ceux qui par des déclarations inexactes l'auraient induit en erreur, et lui auraient occasionné des pertes.

Art. 80. Quant aux peines que le patron ou conducteur encourt, par suite de fausses déclarations et autres contraventions relatives aux droits d'entrée et de sortie territoriaux, on renvoie au titre 3 ci-dessus , le présent réglement ne devant porter aucune atteinte aux lois particulières de chaque état riverain par rapport aux douanes.

TITRE VIII.

Du jugement des contestations en matière de navigation du Rhin.

Art. 81. Avant la mise à exécution du présent réglement , il sera désigné dans chaque port d'embarquement et de débarquement , ainsi que dans chaque commune où il y aura un bureau de perception , un fonctionnaire de l'ordre judiciaire , résidant , soit dans la même commune , soit le plus près possible, qui sera chargé d'instruire et de juger en première instance, comme causes sommaires :

a. Toutes les contraventions aux disposi.ions de ce réglement , en prononçant les peines encourues de ce chef , à moins que le patron ou conducteur ne.s'y soumette volontairement ;

b. Toutes les contestations au sujet du paiement et de la quotité des droits de navigation , de grue, de balance , de port et de quai ;

c. Toutes les entraves que des particuliers auraient mises à l'usage des chemins de halage ;

d. Les plaintes portées contre les propriétaires de chevaux de trait , employés à la remonte des bateaux, pour dommages causés aux propriétés, et généralement toute autre plainte pour dommages causés par la négligence des conducteurs des bateaux et des trains , pendant leur voyage , ou en abordant.

Les noms et demeure du juge des droits de navigation seront affichés dans le bureau.

Art. 82. Les juges des droits de navigation seront déclarés comme tels par le gouvernement qui les aura désignés ou institués.

Ils prêteront serment non seulement de rendre justice avec célérité et impartialité à tous , sans acception de personnes; mais ils promettront particulièrement de se conformer exactement aux dispositions du présent réglement pour tous les cas qui y sont prévus.

Copie du procès-verbal de prestation du serment par les employés sera adressée par le juge à l'inspecteur en chef de la navigation du Rhin , qui la présentera à la commission centrale lors de sa prochaine réunion.

Art. 83. Les contestations qui s'élèveront dans les lieux mêmes où les bureaux sont établis, à raison des objets ci-dessus mention nés, seront de la compétence exclusive du juge des droits de navigation qui y réside, ou dont ces bureaux ressortissent en conformité de l'art. 81 ci-dessus.

En cas de plainte portée par un bureau pour raison de fraude de droits, le juge instruira non seulement sur les soustractions faites au bureau dont les employés ont rendu plainte, mais aussi sur celles que le patron ou conducteur pourrait avoir faites pendant le même voyage à tous les bureaux précédens du même territoire, pour être mises en ligne de compte lors de la fixation de l'amende.

Les plaintes contre les patrons, conducteurs de chevaux ou autres particuliers, pour entraves aux chemins de halage ou dommages causés aux propriétés foncières, seront du ressort du juge des droits de navigation·résidant dans l'endroit le plus voisin de l'événement.

Art. 84. Les causes portées devant le juge des droits de navigation seront instruites comme matières sommaires. Les plaintes, les exceptions et tous les autres moyens seront proposés verbalement; il en sera dressé procès-verbal pour être de suite et d'après les circonstances procédé à la prononciation du jugement ou ordonné telles preuves, expertises, etc., qu'il appartiendra.

Dans tous les cas, le jugement, soit définitif, soit interlocutoire ou préparatoire, énoncera les faits qui ont donné lieu à la contestation, les questions à décider d'après le dire des parties et les motifs du jugement.

Les procédures ne donneront lieu, ni à l'usage de papier timbré, ni à l'application de taxes au profit des juges ou de leurs greffiers; les parties ne supporteront dès-lors d'autres frais que ceux des témoins ou experts et de leur citation, et ceux de signification, de port de lettres, etc., le tout d'après les tarifs ordinaires en matière de procédure.

Au surplus le patron ou conducteur, ou le flotteur, ne pourra être empêché de continuer son voyage, à raison d'une procédure engagée, dès qu'il aura fourni le cautionnement fixé par le juge pour l'objet de la procédure.

Art. 85. Les jugemens prononcés par les juges des droits de navigation seront rendus au nom du souverain qui les a nommés. Ils seront néanmoins exécutoires sans nouvelle instruction dans tous les états riverains indistinctement, dès qu'ils seront passés en force de chose jugée, en observant toutefois l'ordre de procédure en vigueur dans chaque état.

Art. 86. Dans les causes ayant pour objet une valeur au-dessus de 5o francs, la partie qui aura succombé pourra se pourvoir en appel, conformément à l'art. 9 de la convention sur la navigation du Rhin, conclue à Vienne le 24 mars 1815 ; elle aura le choix de s'adresser pour cet effet à la commission centrale, ou au tribunal supérieur du pays où le jugement aura été rendu. Mais comme la commission centrale ne se réunit qu'une seule fois par an, pour délibérer sur des objets d'une plus haute importance, en sorte qu'il lui serait impossible de terminer les causes d'appel avec autant de célérité qu'elles l'exigent, il est statué que, dans les cas où l'appel sera porté devant la commission, la partie qui aura obtenu gain de cause pourra demander l'exécution provisoire du jugement, et il sera laissé à la prudence des juges de l'accorder avec ou sans caution, en suivant à cet égard les règles du droit commun.

Art. 87. Chaque état riverain désignera, une fois pour toutes, le tribunal devant lequel seront portés les appels des jugemens de première instance, prononcés par les juges des droits de navigation de son territoire.

Ce tribunal ne pourra point siéger dans une ville trop éloignée de la rive du Rhin.

Art. 88. Les recours portés devant ce tribunal seront instruits selon les formes établies.

Lorsqu'au contraire la partie appelante se proposera de porter son appel devant la commission centrale, l'acte d'appel sera, dans les dix jours de la signification du jugement, notifié, dans la forme de procédure en vigueur dans chaque état, au juge qui a prononcé le premier jugement, et ce, dans la personne de son greffier, et à la partie intimée, au domicile élu en première instance dans la même commune, ou, à défaut d'élection de domicile, au greffe.

Cet acte contiendra l'exposé sommaire des griefs, et la déclaration que la cause sera continuée en appel devant la commission.

Dans les quatre semaines, à dater du jour de la signification de l'acte d'appel, l'appelant remettra au juge qui a rendu le premier jugement un exposé par écrit de ses griefs; l'intimé sera tenu d'y répondre dans le délai qui lui sera fixé à cette fin, et sera, le tout ensemble les pièces de procédure de première instance, transmis à l'inspecteur en chef de la navigation du Rhin qui les soumettra au jugement de la commission centrale, lors de sa première réunion.

Faute par l'appelant de se conformer aux formalités prescrites par le présent article, l'appel sera regardé comme non avenu, et l'appelant en sera déchu.

TITRE IX.

*Des attributions et devoirs de la commission centrale, de l'inspec
teur en chef et des autres employés des droits de navigation, et de
leur traitement.*

Art. 89. Concourront, chacun dans son ressort, à l'exécution du
présent réglement, savoir :

1° La commission centrale ;

2° L'inspecteur en chef de la navigation du Rhin ;

3° Quatre inspecteurs ;

4° Les receveurs et autres employés placés aux bureaux de perception ou ailleurs.

Art. 90. Chaque état riverain enverra annuellement un commissaire à la commission centrale.

Les commissaires se réuniront régulièrement le 1er juillet de chaque année à Mayence, et seront tenus de terminer les affaires qui
leur seront soumises, dans le délai d'un mois. Si le nombre des affaires ne permet pas de les terminer dans un mois, une nouvelle
réunion aura lieu l'automne de la même année pour le terme d'un
mois.

Art. 91. La commission centrale se forme par la réunion de ses
commissaires. Elle désignera par le sort celui de ses membres qui,
pendant la durée de chaque session, doit avoir la présidence dans
les assemblées, l'expédition des objets des délibérations, la distri-
bution des travaux préparatoires et la direction générale des travaux.

Un autre membre de la commission, sur le choix duquel on tom-
bera d'accord, se chargera des affaires du bureau, tiendra la plume
dans les séances, et fera expédier par les employés à ce nommés
toutes les résolutions que la commission centrale aura prises.

Art. 92. Les commissaires actuellement réunis à Mayence nommeront, avant de se séparer, l'inspecteur en chef, et lui remettront
la garde des archives.

Ce fonctionnaire sera, de même que les autres inspecteurs, subor-
donné dans ses fonctions à la commission centrale.

Art. 93. Les fonctions de la commission centrale consisteront
principalement : à se faire rendre compte de la manière dont les
dispositions du présent réglement ont été mises à exécution ; à en

proposer de nouvelles à ses hauts commettans pour autant qu'elle l'aura jugé utile et nécessaire ; à recommander aux autorités respectives l'accélération des ouvrages, soit au lit de la rivière, soit aux rives ou aux chemins de halage, tant de ceux indispensables que de ceux jugés avantageux aux progrès de la navigation, et à rédiger le rapport détaillé prescrit par le 16e des articles spéciaux joints au traité de Vienne sur l'état de la navigation, son mouvement annuel, ses progrès et les changemens qui pourraient y avoir lieu.

Enfin elle aura à prononcer en dernier ressort sur les pourvois en appel portés devant elle.

Art. 94. La commission centrale prendra ses décisions à la pluralité absolue des voix, qui seront émises dans une parfaite égalité. Mais ses membres devant être regardés comme des agens des états riverains, chargés de se concerter sur leurs intérêts communs, ses décisions ne seront obligatoires pour les états riverains que lorsqu'ils y auront consenti par leur commissaire.

Elle ne pourra non plus émettre en son nom des lois et de nouvelles ordonnances, ni imposer à un état riverain quelconque de nouvelles obligations, qu'il prétendrait ne pas avoir contractées.

Art. 95. L'inspecteur en chef sera nommé à vie par la commission centrale. Cette nomination aura lieu en conformité du 13e des articles spéciaux joints au traité de Vienne.

En conséquence, sur 72 voix, le commissaire de Prusse en aura 24 ; le commissaire de France, 12 ; le commissaire des Pays-Bas, 12, et les commissaires des autres états allemands, 24. Ces dernières seront réparties à proportion de l'étendue des possessions respectives sur la rive, de manière qu'il y aura 11 voix pour le commissaire de Bade, 6 pour le commissaire de la Hesse grand-ducale, 4 pour le commissaire de Bavière, et 3 pour le commissaire de Nassau.

Art. 96. Le budget de la commission, pour les dépenses à supporter en commun, sera arrêté d'avance, pour l'année suivante, à l'assemblée du 1er juillet. Les dépenses à supporter en commun se composent du traitement de l'inspecteur en chef, de sa pension, s'il y a lieu, et des frais de bureau.

Le traitement de l'inspecteur en chef et sa pension, s'il y a lieu, ainsi que les autres dépenses de nature à être remboursées, seront supportés par les états riverains dans la même proportion qu'ils prennent part à sa nomination d'après l'article précédent.

Les états riverains contribueront par portions égales aux frais de chancellerie de la commission centrale lors de ses réunions annuelles.

Les paiemens seront faits d'avance par trimestre, et le plus tard aux 24 décembre, 24 mars, 24 juin et 24 septembre de chaque année.

Les membres de la commission centrale veilleront à ce que les quote-parts de leurs hauts commettans soient délivrées à temps, et versées sans frais dans la caisse commune de Mayence. L'inspecteur en chef, après en avoir retiré le montant de son traitement, emploiera le reste pour subvenir aux frais de chancellerie de la commission.

Art. 97. Le traitement de l'inspecteur en chef sera de 12,000 fr. par an, y compris les frais de son propre bureau. Il jouira en outre, dans l'exercice de ses fonctions, de la franchise des ports de lettres.

Art. 98. Il résidera à Mayence et correspondra avec les inspecteurs et avec les autorités désignées à cet effet par chaque état riverain. Son premier devoir consistera à faire cesser de suite les plaintes fondées en matière de navigation, qui lui seront adressées par les inspecteurs, les commerçans ou patrons ou conducteurs de navires.

Les parties qui se croiront lésées par suite de désordres ou abus arrivés dans un port, ou par l'introduction de nouvelles taxes au détriment de la navigation, soit par l'augmentation de celles existantes, ou enfin à raison de toute autre nouvelle charge imposée à la navigation, en quelques parties du Rhin et sous quelque prétexte que ce puisse être, pourront s'adresser, soit à l'autorité compétente du lieu et du district, soit à l'inspecteur dans le ressort duquel l'événement a eu lieu, et, en cas qu'il ne leur serait pas rendu justice sur leurs plaintes, à l'inspecteur en chef.

Ce dernier pourra déléguer les inspecteurs et employés, afin de vérifier les faits et abus dénoncés.

Lorsque les plaintes ou faits lui paraîtront fondés, il en donnera connaissance à la première autorité départementale ou provinciale et en demandera justice.

En cas de refus, il en fera son rapport à la commission centrale pour par icelle être statué ce qu'il appartiendra.

Pour ne faire souffrir aucun retard à cette résolution, l'inspecteur en chef donnera en même temps avis de ce renvoi à l'autorité départementale ou provinciale, laquelle sera tenue de faire ses diligences pour transmettre le plus promptement possible au commissaire de son souverain les renseignemens ou instructions qui lui seront nécessaires. .

La même marche sera observée dans le cas où des obstacles survenus dans le lit du Rhin et qui embarrasseraient la navigation , ne seraient pas levés à la première occasion convenable qui se présente; que l'entretien des rives et des chemins de halage serait négligé ; que les employés des droits de navigation par leur conduite donneraient lieu à des plaintes, ou qu'il serait mis de la part des douanes des entraves à la libre navigation du Rhin , en opposition avec le présent réglement.

Avant l'ouverture de chaque session, l'inspecteur en chef devra préparer tous les matériaux propres à faciliter les travaux de la commission, à l'instruire à fond sur l'état, les défauts et les besoins de la navigation, et à lui faire les propositions convenables sur les mesures qu'il serait utile de prendre.

Art. 99. L'inspecteur en chef prêtera serment devant la commission centrale entre les mains du président, et s'obligera de remplir avec fidélité et exactitude tous les devoirs qui lui sont imposés par le présent réglement.

Art. 100. Si la commission croit devoir éloigner l'inspecteur en chef de son poste, elle pourra, suivant les circonstances, mettre en délibération s'il sera simplement congédié ou traduit en jugement.

Dans le premier cas, applicable également aux retraites pour cause d'infirmité, il jouira d'une pension qui sera de la moitié du traitement , s'il n'a pas eu dix années de service, et de deux tiers , s'il a servi dix années et au-delà.

Cette pension sera payée de la même manière que le traitement même.

Dans le second cas, la commission centrale décidera, en délibérant de la manière prescrite par l'art. 17 du traité de Vienne, c'est-à-dire, à la pluralité absolue des voix, quels seront les tribunaux qui le jugeront en première et seconde instance, et il sera traité ensuite conformément à la sentence qui aura été prononcée.

Lorsqu'il s'agira de mettre aux voix l'éloignement de l'inspecteur en chef, il y sera procédé par la commission centrale de la manière prescrite par l'art. 95 pour la nomination de ce fonctionnaire, qui cependant ne pourra prendre place, à moins qu'il n'ait contre lui les deux tiers du nombre des voix mentionnées dans l'art. 95.

Art. 101. Le Rhin sera divisé en quatre districts d'inspection. Le premier s'étendra depuis l'endroit où le Rhin devient navigable jusqu'à l'embouchure de la Lauter ; le second, de là jusqu'à l'embouchure de la Nahe ; le troisième , depuis la Nahe jusqu'à la frontière des Pays-Bas , et le quatrième , sur le reste de la rivière dans les Pays-Bas jusqu'à la mer.

Il sera nommé un inspecteur à vie pour chacune de ces inspections. La France et Bade nommeront le premier ; la Bavière, Hesse grand-ducale et Nassau , le second; la Prusse, le troisième , et les Pays-Bas , le quatrième.

Le traitement des inspecteurs ainsi que leur pension , s'il y a lieu , sera à la charge des états qui les auront nommés. Ces états leur assigneront en même temps leur résidence dans une des villes de commerce de leur inspection.

Les inspecteurs jouiront, dans l'exercice de leurs fonctions, de la franchise du port de lettres pour l'étendue de tous les états riverains.

Art. 102. Les inspecteurs prêteront serment, à la diligence des états qui auront concouru à leur nomination , de se conformer en tout au présent réglement. Leurs fonctions consisteront à faire deux fois par année la tournée de leur inspection, à reconnaître l'état du lit du Rhin et les obstacles que la navigation peut rencontrer, à visiter les chemins de halage et à adresser à leurs gouvernemens des rapports détaillés et circonstanciés sur tous ces objets, de même que sur les contraventions au présent réglement qu'ils auront remarquées {dans leur tournée , ou dont ils seraient instruits par d'autres voies, en les faisant cesser immédiatement autant qu'ils y seront autorisés. Ils instruiront l'inspecteur en chef du résultat de leurs opérations.

Ils ne pourront recevoir aucune rétribution pour raison des plaintes portées devant eux.

Art. 103. Chaque état riverain nommera le nombre des employés des droits de navigation du Rhin, nécessaire au service régulier de ses bureaux et à la prompte expédition des patrons ou conducteurs, et leur fera prêter serment de se conformer au présent réglement.

Le montant de leurs traitemens et de leurs pensions, en cas de retraite , sera également réglé par le souverain au service duque ils sont attachés.

Dans aucun cas il ne pourra leur être alloué des droits casuels qui seraient en tout ou en partie à la charge des patrons ou conducteurs.

Lorsqu'un bureau appartiendra à plusieurs états, il leur sera libre de s'entendre sur le mode de concourir à la nomination des m ployés.

Art. 104. Les employés des droits de navigation , quel que soit leur grade , ne peuvent trafiquer eux-mêmes , ni s'associer à aucun commerce , même en commandite ou en participation.

Les concussions et la corruption , dénominations sous lesquelles sera également comprise toute acceptation de cadeaux quelconques, offerts par les redevables des droits de navigation eux-mêmes , ou par d'autres personnes pour leur compte , entraîneront dans tous les cas la destitution , sans préjudice des autres peines portées par la loi.

Art. 105. Tous les employés des droits de navigation sont tenus de faire leur service en personne. Lorsqu'ils devront obtenir un congé pour un temps limité, ils devront s'adresser à leur supérieur immédiat , qui prendra des mesures pour assurer la continuation régulière du service dont l'employé absent est chargé.

Les inspecteurs s'adresseront à cette fin aux autorités compétentes de leurs gouvernemens respectifs, sauf à en donner connaissance à l'inspecteur en chef.

Art. 106. Toutes les dépenses locales , y compris les traitemens et pensions des employés des droits de navigation , sont à la charge exclusive des états auxquels appartient la perception des droits.

Art. 107. Il n'y aura pas d'uniforme déterminé pour les employés des droits de navigation , le soin en étant abandonné à chaque gouvernement riverain.

Les bateaux et nacelles des droits de navigation porteront le pavillon de celui des états riverains auquel ils appartiennent ; mais, pour les désigner comme destinés au service des droits de navigation , il y sera ajouté le mot *Rhenus*.

Art. 108. S'il arrive (ce qu'à Dieu ne plaise) que la guerre vienne à avoir lieu entre quelques-uns des états situés sur le Rhin , la perception des droits de navigation continuera à se faire librement , sans qu'il y soit apporté d'obstacle de part ni d'autre.

Les embarcations et personnes employées au service des droits de navigation jouiront de tous les priviléges de la neutralité; il sera accordé des sauvegardes pour les bureaux et les caisses des droits de navigation.

TITRE X.

De la mise à exécution des dispositions précédentes.

Art. 109. Le présent réglement aura force de convention et ne pourra subir des changemens que d'un commun accord.

Les expéditions authentiques ratifiées par les états riverains en seront échangées à Mayence, dans l'espace de deux mois à dater de la signature.

Il sera mis à exécution le trente-unième jour après l'échange des ratifications. Seront abolis, à partir du même jour, tous les droits actuellement existans sur lu navigation du Rhin, qui ne sont pa expressément conservés par le présent réglement.

Mayence, le 31 mars 1831.

Signé, Buchler, de Nau, Engelhardt, Verdier, de Roessler, J. Bourcourd, Delius.

Listt. A.

TABLEAU

Des articles de commerce qui paieront, lors de leur passage par le territoire des Pays-Bas depuis Krimpen ou Gorcum jusqu'à la pleine mer, un droit fixe plus ou moins élevé que celui établi par l'article 4 de la convention relative à la navigation du Rhin :

à 13 1/2 cents par 50 livres des Pays-Bas pour la remonte.

et à 9 » » » » descente.

I. Articles qui paieront un droit plus élevé :

		Taux du droit à payer par quintal de 50 livres des Pays-Bas, poids brut, tant pour la remonte que pour la descente.
1. Thé {	boé et congo gros.	fl. 1 48 cents.
	toutes autres espèces de thé.	» 2 80 »
2. Sel {	brut.	» 0 90 »
	raffiné.	» 7 20 »

II. Articles qui paieront un droit fixe moins élevé :

	Taux du droit à payer par quintal ou 50 livres des P.-B., poids brut.	
	Pour la remonte.	Pour la descente.
1. Cendres non lessivées.		
2. Fer en gueuses et fer non ouvré.		
3. Minerai de calamine.		
4. Blés de toute espèce.		
5. Légumes secs.		
6. Écorces à tan.	3 1/2 cents.	2 1/2 cents.
7. Farines et gruaux de toute espèce.		
8. Poix.		
9. Semences et graines de toute espèce.		
10. Pierres de taille, à carreler, meules, pierres à aiguiser.		
11. Goudron.		
12. Terre et roche alumineuse.		
13. Bois à brûler de toute espèce et charbons de bois.		
14. Tous les minerais, non spécialement nommés.		
15. Plâtre.		
16. Chaux.	1 cent.	3/4 cent.
17. Tuiles et briques de toute espèce.		
18. Houille.		
19. Ardoises.		
20. Poterie commune.		
21. Tourbe et charbons de tourbe.		
22. Terres et pierres vitrioliques.		
23. Beurre frais en pièces isolées.		
24. Engrais et amendemens, tels que cendres lessivées, vidanges de fabriques et marnes, fumiers, etc.		
25. OEufs.		
26. Terres ordinaires, telles que sable, terre grasse, etc.		
27. Fascines à épines.		
28. Poissons vivans.		
29. Herbes à pâture, foin et roseaux.	6/10 cent.	6/10 cent.
30. Herbes potagères et produits de jardin, tels que des fleurs, des légumes, des racines comestibles.		
31. Volaille.		
32. Lait.		
33. Fruits frais.		
34. Pierres à bâtir et à paver.		
35. Paille et chaume.		
36. Animaux vivans.		

III. Le droit fixe sur les bois de charpente et de construction se
paiera à l'aune cube desPays-Bas, en suivant les proportions
fixées par l'addition litt. C au tarif du droit ordinaire de
navigation sur le Rhin.

Signé, Buchler, de Nau, Engelhardt, Verdier,
de Roessler, J. Bourcourd, Delius.

Litt. B.

TARIF

Des droits de reconnaissance, payables à chaque bureau de perception, en proportion de la capacité des embarcations naviguant sur le Rhin.

Pour une embarcation de			francs.	cent.
5o à 3oo quintaux de 5o kilogrammes			—	10
3oo » 6oo	»	»	»	—	9o
6oo » 1000	»	»	»	1	83
1000 » 15oo	»	»	»	3	—
15oo » 2000	»	»	»	4	5o
2000 » 25oo	»	»	»	6	—
25oo » 3ooo	»	»	»	7	5o
3ooo » 35oo	»	»	»	9	—
35oo » 4ooo	»	»	»	10	5o
4ooo » 45oo	»	»	»	12	—
45oo » 5ooo	»	»	»	13	5o
5ooo quintaux et au-dessus	»		14	—

Dans le cas où un bureau de perception serait entièrement supprimé, les droits de reconnaissance, qui s'y percevaient jusqu'a-
lors, seront perçus au bureau précédent pour les embarcations qui
continueront leur voyage au-delà du bureau supprimé.

Mayence, le 31 mars 1831.

Signé, Buchler, de Nau, Engelhardt, Verdier,
de Roessler, J. Bourcourd, Delius.

TARIF

DES DROITS DE LA NAVIGATION DU RHIN.

Pour tous les objets transportés par le Rhin, à moins que, par une exception formelle à la règle, les droits n'aient été modérés, on paiera par quintal:

	POUR LA DISTANCE		EN DESCENDANT au BUREAU DE			EN REMONTANT au BUREAU DE		
	DE	A		Cent.	Mill.		Cent.	Mill.
1	La frontière de Bade et de France.	Brisac.	Brisac.	13	90	Brisac.	20	90
2	Brisac.	Strasbourg.	Brisac.	12	90	Strasbourg.	19	40
3	Strasbourg.	Neubourg.	Strasbourg.	15	16	Neubourg.	22	80
4	Neubourg.	Manheim.	Neubourg.	22	52	Manheim.	33	87
5	Manheim.	Mayence.	Manheim.	18	76	Mayence.	28	21
6	Mayence.	Caub.	Mayence.	8	95	Caub.	13	45
7	Caub.	Coblence.	Caub.	10	70	Coblence.	16	09
8	Coblence.	Andernach.	Coblence.	5	50	"	"	"
9	Coblence.	Andernach.	"	"	"	Andernach.	8	30
10	Andernach.	Lintz.	Andernach.	3	10	Lintz.	4	70
11	Lintz.	Cologne.	Lintz.	11	80	Cologne.	17	70
12	Cologne.	Dusseldorf.	Cologne.	11	60	Dusseldorf.	17	40
13	Dusseldorff.	Ruhrort.	Dusseldorf.	7	40	Ruhrort.	11	10
14	Ruhrort.	Wesel.	Ruhrort.	7	30	Wesel.	11	"
15	Wesel.	La frontière entre les Pays-Bas et la Prusse près de Schenkenschanz.	Wesel.	10	30	Emmerich.	15	50
			En descendant le Leck au bureau de			*En remontant le Leck au bureau de*		
16	Lobith.	Vreeswyk.	Lobith.	12	"	Vreeswyk.	18	"
17	Vreeswyk.	Krimpen.	Vreeswyk.	7	"	Krimpen.	10	"
			En descendant le Waal au bureau de			*En remontant le Waal au bureau de*		
18	Lobith.	Tiel.	Lobith.	11	"	Tiel.	16	"
19	Tiel.	Gorcum.	Tiel.	8	"	Gorcum.	12	"

EXCEPTIONS.

A. Les articles suivans ne seront passibles que du paiement du quart par quintal des droits respectifs fixés par le tarif ci-dessus :

1. Cendres non lessivées ;
2. Fer en gueuses et fer non ouvré (gusseisen in gansen und masseln , und roheisen) ;
3. Minerai de calamine;
4. Blés de toute espèce ;
5. Légumes secs;
6. Écorces à tan ;
7. Farines et gruaux de toute espèce ;
8. Poix ;
9. Semences et graines de toute espèce ;
10. Pierres de taille à carreler, meules , pierres à aiguiser ;
11. Goudron ;
12. Sel.

B. Les articles suivans , du vingtième des droits respectifs fixés par le tarif ci-dessus :

1. Terre et roche alumineuse ;
2. Bois à brûler de toute espèce et charbons de bois ;
3. Tous les minerais non spécialement nommés ;
4. Plâtre ;
5. Chaux ;
6. Tuiles et briques de toute espèce ;
7. Houille ;
8. Ardoises ;
9. Poterie commune ;
10. Tourbe et charbons de tourbe ;
11. Terres et pierres vitrioliques.

C. Le droit de navigation sur les bois de charpente et de construction se percevra au mètre cube, savoir :

1. Le mètre cube de bois de chêne, orme, frêne, cerisier , poirier, pommier et cornouiller, paiera :

a. En aval autant que quatre quintaux de marchandises , conformément à la première colonne du tarif ci-dessus ;

b. En amont autant que deux quintaux et demi de marchandises, conformément à la seconde colonne dudit tarif.

2. Le mètre cube de bois de pin , sapin , mélèze, hêtre , peuplier, érable et autres bois blancs, ou bois résineux, paiera de même :

a. En aval autant que deux quintaux de marchandises, conformément à la première colonne du tarif ci-dessus ;

b. En amont autant qu'un quintal et un quart de marchandises , conformément à la seconde colonne dudit tarif.

D. Au lieu de tout droit de navigation on ne paiera que le double droit de reconnaissance tarifé, lorsque le chargement du bateau n'est composé que de :

1. Beurre frais en pièces isolées ;
2. Engrais et amendemens , tels que cendres lessivées , vidanges de fabriques et marnes , fumiers ;
3. OEufs ;
4. Terres ordinaires, telles que sable , terre grasse , etc.
5. Fascines à épines;
6. Poissons vivans ;
7. Herbes à pâture, foin et roseaux ;
8. Herbes potagères et produits de jardin , tels que des fleurs , des légumes , des racines comestibles ;
9. Volaille;
10. Lait ;
11. Fruits frais ;
12. Pierres à bâtir et à paver ;
13. Paille et chaume ;
14. Animaux vivans.

Lorsqu'une cargaison de ces articles ne dépassera pas 50 quintaux, il n'en sera rien payé ; si au contraire le bateau est encore chargé d'autres objets , il en sera payé le droit fixé par le tarif.

Mayence , le 31 mars 1831.

Signé, BUCHLER, DE NAU, ENGELHARDT, VERDIER, DE ROESSLER, J. BOURCOURD, DELIUS.

MANIFESTE

du patron ou conducteur de

Le bâtiment , de la capacité de quintaux, construit au chantier de ,
constructeur de navires, demeurant à , conduit sous pavillon (indiquer l'état riverain auquel
appartient le pavillon) par le soussigné , appartient en propriété à NN. à (ou au soussigné).
Il a été chargé à et contient ce qui suit :

VISA pour VÉRIFICATION du CHARGEMENT.	NUMÉRO des connaissemens dans l'ordre des numéros.	NOMS des EXPEDITEURS et des CONSIGNATAIRES	LIEU de destination des marchandis.	COLIS, FUTAILLES, ETC. NOMBRE.	MARQUE et NUMÉROS.	DESIGNATION EXACTE des MARCHANDISES d'après leur dénomination usitée dans le COMMERCE.	POIDS DE CHAQUE ESPECE DE MARCHANDISES. DÉCLARÉ.	Trouvé lors de la vérification lorsqu'elle a eu lieu, et qu'elle a donné un résultat différent de la déclaration primitive.	MONTANT DES DROITS de NAVIGATION	AMENDES, s'il en a été PERÇU.
1.	2.	3.	4.	5.	6.	7.	8.	9.	10.	11.

Le soussigné affirme que le présent manifeste est exact sous tous les rapports et conforme au chargement A , le